ENTRE as CHAMAS, SOB a ÁGUA

R. Colini

EDITORA Labrador

Copyright © 2022 de R. Colini
Todos os direitos desta edição reservados à Editora Labrador.

Coordenação editorial
Pamela Oliveira

Assistência editorial
Leticia Oliveira

Projeto gráfico, diagramação e capa
Amanda Chagas

Preparação de texto
Carla Sacrato

Revisão
Laila Guilherme

Imagens de capa e miolo
Amanda Chagas;
400 jagunços prisioneiros,
Flávio de Barros, 1897.

Dados Internacionais de Catalogação na Publicação (CIP)
Angélica Ilacqua CRB-8/7057

Colini, Roosevelt
   Entre as chamas, sob a água / Roosevelt Colini. -- São Paulo : Labrador, 2022.
   160 p.

ISBN 978-65-5625-276-6

1.   Ficção brasileira 2. Brasil - História - Guerra de Canudos, 1897 – Ficção I. Título

22-5353   CDD B869.3

Índice para catálogo sistemático:
1. Ficção brasileira

Editora Labrador
Diretor editorial: Daniel Pinsky
Rua Dr. José Elias, 520 — Alto da Lapa
São Paulo/SP — 05083-030
Telefone: +55 (11) 3641-7446
contato@editoralabrador.com.br
www.editoralabrador.com.br
facebook.com/editoralabrador
instagram.com/editoralabrador

A reprodução de qualquer parte desta obra é ilegal e configura uma apropriação indevida dos direitos intelectuais e patrimoniais do autor. A editora não é responsável pelo conteúdo deste livro. Esta é uma obra de ficção. Qualquer semelhança com nomes, pessoas, fatos ou situações da vida real será mera coincidência.

Para dona Licia,
que me introduziu na pátria dos livros.
Alma que abrigo na memória.

Sumário

UM	10
DOIS	16
TRÊS	22
QUATRO	26
CINCO	32
SEIS	38
SETE	42
OITO	46
NOVE	50
DEZ	54
ONZE	58
DOZE	62
TREZE	68
CATORZE	72
QUINZE	76
DEZESSEIS	80
DEZESSETE	88
DEZOITO	92
DEZENOVE	96
VINTE	100
VINTE E UM	104
VINTE E DOIS	110
VINTE E TRÊS	112
VINTE E QUATRO	116
VINTE E CINCO	120
VINTE E SEIS	124
VINTE E SETE	130
VINTE E OITO	136
VINTE E NOVE	142
TRINTA	146
NOTA DO AUTOR	150
POSFÁCIO	156

Sinto pena destas páginas, que nada mudarão
e finalmente encontrarão seu destino,
inexorável, entre as chamas.
Ou sob as águas, se a profecia delirante
do profeta se concretizar.

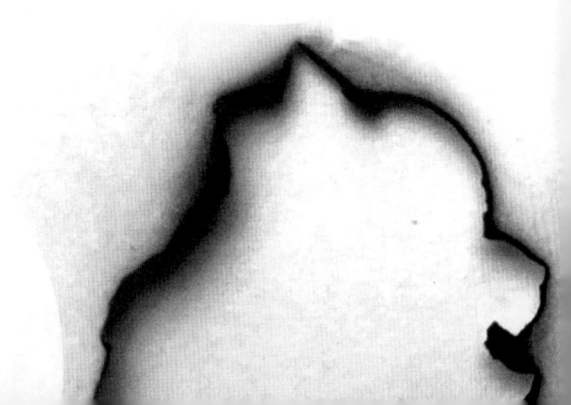

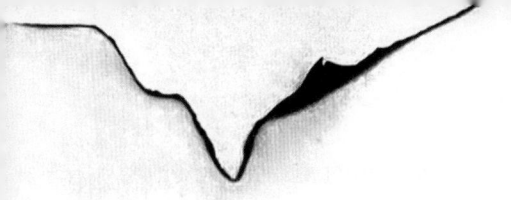

Quando aconteceu da primeira vez, era cedo. Estávamos no alto da Favela, protegidos por uma barricada que antecedia a ladeira — a dura descida, pedregosa, traiçoeira e inevitavelmente destrambelhada —, onde mais se tropeçava do que se avançava. Tínhamos uma vista ampla do Arraial e dos soldados que estavam ali posicionados desde o anoitecer do dia anterior.

Nossos homens realizaram um avanço pequeno, de uns trezentos metros, para dali observarem mais de perto o amontoado de taperas e as duas igrejas, bem em frente. No dia anterior, ninguém comentara esse movimento, que parecia ser uma missão de reconhecimento, e foi uma surpresa, para nós, ver as tropas amoitadas na direção de Canudos.

O inimigo não se daria ao trabalho, nem se arriscaria a sair de suas posições para interceptar aqueles cem ou cento e cinquenta soldados, protegidos, eles também, por uma barricada natural na posição em que estavam.

Sabíamos que, em poucos minutos, o minguado frescor da manhã daria lugar ao calor opressivo, demolidor, quando parecia que diminuíamos de tamanho sob uniformes úmidos de suor e cada vez mais desbastados. Não havia uma nuvem, nem neblina, e a luz atravessava o ar limpo até onde a vista pudesse alcançar. A artilharia estava se posicionando; bem cedo era a hora em que eles começavam a municiar os canhões. O 32 chegou dias antes, puxado por dúzias de bois, mas parecia haver algum problema com ele; o grosso do bombardeio ainda era feito com os Krupp. Quando o fogo começasse a comer, eu sabia que o cenário limpo das taperas intocadas, que quase podíamos contar apontando o dedo, seria muito diferente.

O sol, que mal havia surgido, atingia os barracos, árvores poucas e retorcidas, e as rochas e elevações em frente ao Arraial. Naquela hora, os raios de luz incidiam quase nivelados com o horizonte distante a não ter mais vista, e encompridavam as sombras de Canudos. Uma árvore de uns dois metros de altura estendia uma sombra fina e esticada de vinte metros. A torre da igreja nova — o ponto mais alto de Canudos — parecia estender sua sombra por um quilômetro ou mais. De repente, tive a impressão de que o terreno se movia, porque até então eu acreditava que as sombras não se moviam sozinhas. Mantendo meu olhar fixo na direção do estranho fenômeno, percebi que as sombras aumentavam e diminuíam de tamanho, muito lentamente, como uma luz fraca de vela que, ao se mover em um quarto, arrasta consigo objetos que parecem vivos. Era muito distante, e pedi a luneta de um oficial que estava ao meu lado. As tropas avançadas, a trezentos metros além de onde estávamos, reagiram de forma diferente. Os homens se agitavam e olhavam em nossa direção. Percebemos depois que não era para nós que olhavam, mas para seus oficiais, posicionados logo atrás deles. Um dos homens, que não aguardou instruções, disparou em uma das sombras, e, como por mágica, a sombra desapareceu sob um monte de trapos. Nessa guerra, em que estive e em que estou, até as sombras podiam ser abatidas.

Alguém deve ter proferido uma ordem, porque ninguém mais atirou. Percebemos então, entre as sombras perenes de árvores e rochas que o sol iluminava, que aquelas outras, semoventes, eram feitas de vultos que se arrastavam em direção à tropa, tão lentos que, de onde estávamos, só com muita atenção percebíamos a direção do movimento. Das paredes e da terra surgiam dezenas de seres que, aos poucos, se agrupavam e vinham em direção ao acampamento. Era impossível que aquilo fosse um ataque, e os oficiais adiante perceberam que aqueles que chegavam eram os primeiros que se rendiam, um cortejo em que os defuntos carregavam a si mesmos. Eram mulheres, crianças, velhos e homens estropiados. Pude contar quando chegaram, constatei que não eram tantos assim, pareciam mais quando vistos de longe. Eram dezoito os primeiros prisioneiros que se rendiam.

O fenômeno passou a se repetir, às vezes em intervalos de dias, às vezes semanas. Não atinava então com o motivo daquilo que agora compreendo bem demais. Eram tristes aqueles voluntários que se enjeitavam de Canudos, pessoas que partiam em direção às tropas do exército porque estavam de tal maneira depauperados que se tornavam um peso entre os seus. Vinham a contragosto cumprir um dever que lhes era sagrado, o de ajudar ao Arraial e se entregar para que não consumissem recursos dos homens que lutavam.

Os dois lados foram se acostumando. Quando, chegando no acampamento, havia no caminho uma coluna de soldados, os restos de Canudos passavam entre eles. E ninguém dava importância. Por entre os uniformes caminhavam os vultos como ondas, suas cabeças apareciam e desapareciam entre os ombros dos soldados, em ritmos descompassados, mancos e curvados como se os soldados fossem invisíveis.

Um dos homens que se rendiam apoiava-se em uma muleta improvisada feita de um galho de árvore retorcido. Sua perna direita exibia um lanho que ia do joelho ao alto da coxa. Eu estava a uns vinte metros, o vento era contrário, e seria impossível sentir o cheiro, ainda que eu possuísse o olfato extraordinariamente apurado. Mesmo assim, a visão da perna, roxa ao redor do corte e amarelada ao centro, onde a ferida aberta vertia pus na qual os mosquitos grudavam, me fez sentir o odor doce das coisas que começavam a apodrecer. A cada passo que dava com a perna boa, o pé da perna podre ralava nas pedras, galhos e espinhos, e o homem, sem se importar, ou talvez sem sentir, arrastava o peito do pé em carne viva contra o chão, deixando um rastro sutil de sangue.

Então o homem se abaixou, dando a entender que exauria suas forças ou rezava, e curvou os ombros para a frente, criando uma cova junto ao peito onde parecia querer enfiar a cabeça, e ficou por uns instantes nessa posição até que um soldado passou perto o suficiente para que o prisioneiro encolhido lhe desse o bote certeiro, uma única estocada no ventre, de baixo para cima, de onde, em uma velocidade impressionante, as vísceras do soldado despencaram em cima do homem da perna podre.

A partir de então, sempre que surgiam esses grupos, os militares abriam alas e mantinham uma distância segura e o dedo no gatilho. Quando um deles se desgarrava e se aproximava dos soldados, era empurrado de volta com a ponta de baioneta ou abatido de pronto. Esse sistema criou uma trilha informal, onde aqueles que se rendiam eram direcionados para um local dentro do acampamento no qual um grupo de militares fora destacado para a triagem: uma fileira onde três homens apontavam os fuzis e davam ordem para que interrompessem a romaria. Os reféns estancavam e, de cinco em cinco, eram convocados a prosseguir. Nessa hora, utilizando um critério que eu não entendia, os soldados separavam alguns prisioneiros e os encaminhavam para interrogatório, onde os militares tentavam obter, quase sempre sem resultado, informações sobre Canudos. Cercados mais por sentinelas do que por barreiras físicas, uma frágil cerca composta de troncos retorcidos e um barracão ao centro, os jagunços aguardavam sua vez.

Os demais, ato contínuo, eram endereçados aos gaúchos. Sem distinção de idade ou sexo, eram postos de joelhos e, por trás, eram degolados. O silêncio era absoluto, salvo as expressões de júbilo e fúria dos matadores. Ninguém se lamentava, ninguém chorava, as mães viam os filhos sendo degolados, os filhos às mães, aos irmãos, aos companheiros, com o mesmo olhar indiferente com que haviam começado o cortejo entre as tropas. As variações ficavam por conta do estilo: alguns executores se posicionavam por trás dos condenados, enfiavam os dedos calejados e ásperos bem fundo nas narinas das vítimas, dobravam a cabeça para trás e talhavam o pescoço. Outros puxavam a cabeça pelos cabelos. Por fim, havia os que os seguravam pelo queixo. O único som, fora os vivas à República que os executores bradavam, era o do sangue espirrando e o sibilo de borbulha que os pulmões expeliam através do corte na garganta.

Por essa época, perambulei no acampamento da expedição, enganando os oficiais superiores. A desordem que imperava me permitiu, quando abordado por um superior, inventar que estava em missão de um outro, de patente maior, e assim por diante. Eu seguia de mentira em mentira, vagando sem propósito no emaranhado de gente diversa, enquanto a batalha não acontecia, o volume de gente acampada crescia e os suprimentos escasseavam. Eu me desinteressava assim, observando o que acontecia ao redor como se não tomasse parte daquilo.

Ocorria de ficar acocorado, como o matuto — afinal, todos aprendêramos o motivo —, pois era a melhor posição para se proteger do sol desumano quando se estava parado. Só aos altos oficiais cabiam as poucas cadeiras de campanha, trazidas da cidade ou improvisadas pela comissão de engenharia, que comandava os carpinteiros arregimentados na região. Os homens habituados ao clima sabiam que a energia do corpo era o bem mais precioso e precisava ser poupada. Os infelizes sapadores, os que mais trabalhavam, eram abatidos como moscas pelas balas ou pelo cansaço. Os da infantaria, à espera da guerra e com as rações reduzidas, tiravam longas sestas. Eu não conseguia ficar parado. Desertar seria quase impossível; estávamos no meio de um deserto, com os caminhos de fuga fechados e desconhecidos para quem não era mateiro. Além disso, deserções naquele ambiente representavam ameaça pior do que os inimigos. Nossos comandantes, impotentes diante da falta de recursos e imobilidade das tropas, sabiam bem disso.

Provavelmente eram os próprios soldados que se encarregavam das execuções extraoficiais dos desertores que depois de dois ou três dias eram trazidos mortos, reduzidos a carne ressecada. Alertavam-nos que esse seria o destino dos que fugiam: a natureza era especialmente ávida pelos covardes. Alertavam também que — e isso era verdade — à natureza do lugar se associavam os jagunços entocados nas redondezas, e a estes era indiferente matar os que iam ou os que vinham. Era o que dizia o alto-comando.

Outras versões davam por jagunços contratados pelo exército, que caçavam e abatiam os desertores. A mim, pouco importava o risco, era outro o motivo que me impedia: meu pai. Eu tinha medo dele na mesma proporção em que ele demonstrava orgulho de mim. Era um medo reverencial, porque eu também o respeitava e admirava; um filho desertor seria uma desonra que ele não suportaria. Bastaria eu a sofrer por essa guerra; fazê-lo sofrer só aumentaria meu rancor, se é que isso era possível.

Vadiava pelo acampamento na direção oposta ao Arraial quando, afastando-me uns quinhentos metros através de uma vereda recém-desbastada, me aproximei da clareira das degolas. As degolas eu já tinha visto, dentre tanta coisa que vi e que já não me tocava na mesma intensidade em que eu silenciava e odiava o mundo, a vida no exército e essa guerra em particular. Portanto, não foi por me importar; é que eu não conseguia ficar parado, não conseguia dormir sob o sol nas raras sombras das tendas abafadas; resolvi caminhar até ali porque naquele dia eu já tinha ido e vindo por todos os cantos do acampamento.

Isso aconteceu antes dos primeiros grupos que se renderam; nessa época, só conhecíamos os inimigos quando capturávamos prisioneiros. Para economizar energia e fazer o tempo passar, caminhei lentamente pelo caminho — que eles batizaram de *passeio pela caatinga*. Essa trilha, que até então recebia os inimigos capturados em batalha, em breve seria percorrida por aqueles que se rendiam: mulheres, crianças, velhos.

Nesse local, os gaúchos se ocupavam dos jagunços capturados. Na verdade, daqueles já submetidos a interrogatórios em outro canto do acampamento. Tivessem ou não revelado algo sob pancada, ao final eram todos direcionados aos gaúchos. Mais verdade ainda, os gaúchos não se importavam com os interrogatórios; seu prazer e sua missão era apenas degolar prisioneiros. A clareira das degolas era o destino do *passeio pela caatinga*, local razoavelmente distante e discreto, embora todos soubéssemos o que lá se passava. Porém havia competição com outros soldados que lhe furtavam algumas cabeças. Acontecia que, nas zonas dos combates aleatórios e tocaias, outros soldados antecipavam as execuções; se recusavam a entregar os prisioneiros a outros batalhões e não consentiam que os gaúchos terminassem o serviço que deles seria por direito e ordem, dando então cabo, sempre na faca, dos jagunços que conseguiam capturar nas batalhas.

Chegando à clareira, presenciei uma variação nos modos e tratos que para mim era novidade. Por algum interesse especial, naquele dia os gaúchos tentavam obter informações de um dos prisioneiros. Reproduzindo a forma como fazem churrasco, cavaram um buraco no chão onde acenderam e atiçaram as brasas. Uma tora foi fincada de forma firme e um pouco inclinada sobre o fogo. Em seguida amarraram nela o jagunço.

"Esmero" é o termo que consigo encontrar para descrever a montagem do aparato e a distância calculada entre o homem e as brasas. Não tinham pressa, e os efeitos que pretendiam produzir se dariam no tempo certo. Eu fiquei acocorado por pelo menos uma hora até que esses efeitos fossem percebidos. Os gaúchos aguardavam calmamente, tomando chimarrão enquanto não chegava a hora. Eu usava um chapéu de abas largas, que comprei de um vaqueiro que mascateava entre os militares. Sua sombra me proporcionava uma visão nítida do homem que, sob o calor das brasas, nada sentia a não ser uma quentura que se notava pelo suor abundante, coisa incomum nos homens acostumados àquela terra. Porém, a boca ressecada, espumando como um cavalo, denunciava a sede imensa que deveria sentir.

As brasas têm um ciclo de vida. No início, mornas, apáticas, ganham força após uns trinta minutos, que é quando o churrasqueiro tem que amansá-las ou distanciar a carne.

Ao final de quase uma hora, o homem começou a se contorcer, e os soldados finalmente se animaram. Conforme as ondas de calor atingiam ora o lado esquerdo, ora o direito, o homem se encolhia no espeto. Também recuava o rosto, se contraía, coisa, aliás, que não era fácil de presenciar naqueles inimigos que não fraquejavam. Quando eram feitos prisioneiros, é porque estavam feridos ou cercados e sem munição, e o suicídio para eles não era possível: era pecado. Então eles partiam para o enfrentamento com as mãos e facas, quando eram facilmente derrubados por uma chuva de coronhadas.

Quando quase se dava para sentir o cheiro de carne queimada, era aí que os gaúchos iniciavam as investidas — "como é, cabra, vais falar, não vais falar, queres água?" — e quando o prisioneiro parecia que ia arriar, jogavam água, cuidadosamente, sobre o tronco e a nuca, com a cautela de que nenhuma gota caísse na boca ressequida do homem.

Um oficial, de patente mais alta do que a minha, se aproximou e perguntou o que eu estava fazendo. Eu não podia dar os pretextos que dava de oficial em oficial na balbúrdia do acampamento. Não havia desculpa possível para justificar o que eu fazia naquele lugar isolado. "Só olhando", respondi; então ele me deu um pontapé, de leve, é verdade, e eu voltei para o acampamento sem ter visto o final do evento.

Eventos que eu insistia em ver de perto, porque precisava me certificar de que não havia engano, que não se tratava de disparates ou excessos ocasionais e que a guerra que me batizava seria feita desses elementos. Assim, calei-me, omiti a mim mesmo, me entreguei à indiferença e ao desejo de sumir sem remorsos. Fartei-me e virei um vagabundo silencioso rondando o acampamento enquanto a batalha não chegava.

Cansei-me das mesmas conversas de sempre em torno da guerra ou das mulheres, noivas e namoradas que esperavam nas cidades de origem dos soldados. Ou sobre quais cidades teriam os melhores bordéis e, finalmente, dada a distância que a tudo isso separava, sobre as mulheres disponíveis no acampamento, porém caras demais porque poucas demais.

Abateu-me ainda o clima, que sobre todos e sobre tudo pesava, mas principalmente não conseguia suportar o *salve-se quem puder* reinante, que contrariava minha formação militar.

Eu fugia das rodas de conversas inúteis e, quando me encontrava em meio a uma delas, nas ocasiões em que não podia manter distância, como na hora do rancho ou quando nos recolhíamos à noite, eu falava cada vez menos, e fui sentindo a necessidade incontrolável de não falar mais nada.

𝒜 frase que iniciava a folha, que há pouco rasguei com cuidado para não fazer barulho, continha meu nome. Mal acabei de escrevê-lo, arrependi-me; o nome é inútil. Gostaria de apagá-lo, para não desperdiçar a folha, mas, dada a maneira como escrevo e os recursos que tenho, isso é impossível; foi preciso rasgar a folha que continha meu nome. A depender do pouco que já escrevi, e sem saber quanto ainda escreverei, sei que o conteúdo poderia embaraçar minha família, embora a chance de minha sobrevivência seja mínima, e menor ainda a possibilidade de que estes escritos vejam algo que não seja fogo. Me arrependi de rasgar a folha, pois este é um bem escasso.

Tenho um lápis, que afio com a ponta de um facão, e algumas folhas que roubei no Arraial. Escrevo no escuro e em francês, e talvez continue a escrever até que o lápis ou a guerra acabem. Lápis, com sorte, poderei conseguir outro. Quanto à guerra, decerto acabará, não me importando seu resultado, porque nada de bom poderá sair da ruína final. De qualquer lado, qualquer desfecho, qualquer conclusão, tudo me é indiferente porque em nada mais acredito.

Escrevo deitado de lado, em completa escuridão, enquanto os outros dormem. Ninguém pode desconfiar que sei escrever — e que escrevo. Com a mão esquerda, tateio os limites da folha para dar a retidão da linha à mão direita. Com leveza, para não fazer ruído com a grafite sobre as folhas ásperas — e também para economizar o único lápis —, escrevo sem motivo, da mesma maneira que andava a esmo pelo acampamento do exército quando lá estava. Não há intenção nobre nem ilusões de posteridade. Escrevo porque não tenho nada a fazer, e o que faço desde que cheguei, seja de um lado ou do outro, é tão boçal que escrever é uma distração. Talvez um médico dissesse que faço isso para manter a sanidade. É que ele não esteve em Canudos. Ele não está em Canudos. Eu moro em um barraco fétido, a cinquenta metros de onde vive Antônio Conselheiro.

quatro

*P*arecíamos crianças. Era tamanho o meu entusiasmo, e tão contagiante, que, tendo sentido essa emoção, acredito que foi nisso que resultou, desde o início dos tempos, a maior força de um exército. Ainda que tenham sido forçados a se alistar — como aconteceu com os caboclos e os negros arrastados para a guerra do Paraguai —, algo acontece na intimidade dos homens que compartilham a guerra. Aquilo que os motiva não é a liderança dos oficiais superiores, que por aqui se dividem entre brutos e omissos, mas o pão compartilhado, as conversas e cantigas noite adentro, sabendo que, no dia seguinte, vão matar os inimigos porque temem pelos irmãos.

Era assim que eu me sentia, desde o momento em que embarcamos no Rio de Janeiro rumo à Bahia. Éramos camaradas desde o período da escola de oficiais, e durante os últimos dias de preparação nos familiarizávamos com os soldados e sargentos sob nosso comando, as amizades se fortaleciam, os apelidos surgiam e o grupo estava coeso, tinindo, com orgulho de defender a República e a pátria.

Quando chegamos a Queimadas, ficamos uma semana aguardando tropas que vinham do país inteiro, pois deveríamos partir juntos para o Arraial. Desde o início, percebi desconfiança e animosidade entre as tropas de diferentes regiões de tão diversas culturas. Pelas ruas, corpos altamente profissionais e caboclos que não sabiam calçar uma botina se cruzavam e tentavam entender-se, o que parecia impossível. Os mais despreparados, de pouca formação e que já sofriam com o clima primaveril — se comparado ao deserto que estávamos por enfrentar —, eram ridicularizados e humilhados pelos mais fortes. As brigas não eram raras, e os contendores não perdiam ocasião para disputar valentia e se pavonear, sonhando sobre a quem caberia o butim, sob a forma de cabeças dos líderes dos inimigos, particularmente a do Conselheiro.

O consumo de cachaça era abundante, enquanto os pais escondiam suas filhas dentro das casas ou as enviavam para fora da cidade, abrigando-as entre parentes que viviam longe do caminho das tropas. Bebíamos e festejávamos muito, e nós, do Rio de Janeiro, éramos muitas vezes o elo de concórdia entre os diferentes, porque, se o elemento gaúcho estranhava o mineiro, por exemplo, éramos amigos de todos e a cachaça nos unia sempre. Não víamos a hora de empreender a jornada, de começar a guerra, de começar a atirar e exterminar os inimigos da pátria. No fundo, era menos pela pátria e mais pela vontade de atirar em comunhão, unidos aos camaradas.

Durante o percurso até Monte Santo, e de lá direto para a zona da luta onde estabeleceríamos nosso acampamento, apreciávamos as agruras do caminho, o sol cabal, o lugar impossível em que nos cabia defender a pátria. As botinas mal fabricadas que nos enchiam de calos, o tecido inadequado para os arbustos e espinhos, que perpassavam o tecido fino das calças como se de seda fossem, o suor que empapava o uniforme; para nós, aquelas provações nos transformavam em homens, e imediatamente rechaçávamos os que fraquejavam ou demonstravam qualquer desconforto. Nossa macheza jovem avançava com pressa enquanto cantávamos a plenos pulmões as marchas triunfais sob as quais nossos pés desbastavam os caminhos e levantavam poeira. Não queríamos perder um minuto da batalha que honraria nossos nomes. Como eu gostava dessa babel brasileira feita de jovens que partiam para a aventura. Esse comportamento era comum a nós, os cariocas, e também aos batalhões de gente que vinha do sul do país, principalmente paulistas e mineiros.

Era de outra forma que caminhavam os nativos que seguiam conosco. Prosseguiam carrancudos e silenciosos. Desdenhavam — e sabiam o porquê — do nosso ânimo e empolgação.

Os batedores, dentre eles muitos dos derrotados na batalha anterior, seguiam cabisbaixos e humilhados, precavidos em cada passo, e jamais marcando o ritmo da marcha, batendo o pé como fazíamos. Nós, que marchávamos empolgados, forçávamos os passos, os ombros compassados subiam e desciam, e, ao contrário dos outros, com esse movimento fazíamos força para a frente e para cima, desafiando a gravidade e as forças do nosso organismo. Ainda não sabíamos o motivo — aprenderíamos na prática —, mas esses, os batedores experientes no local, economizavam energia e caminhavam como se deslizassem sobre a terra, leves, evitando movimento dos ombros e fazendo o corpo seguir na maior horizontalidade possível.

Ainda havia sol quando ouvimos os sinos repicando e divisamos Canudos pela primeira vez. Fiquei decepcionado diante da visão do amontoado de taperas que era o lar de nossos inimigos, onde duas igrejas guardavam uma sucessão caótica de vielas que se espalhavam a perder de vista. Ali, eu vislumbrava inúmeras dificuldades táticas, enquanto de outra forma calculava a massa heterogênea dos soldados, recrutados de supetão e sem formação. Avaliavam mal o cenário, desprezavam os acidentes geográficos e o tumulto de barracos que não permitiriam manobras massivas.

Custa-me crer a brevidade do tempo que se passou desde que vi o Arraial pela primeira vez. Contam-se meses, embora tenha a sensação de que não conhecera outra vida senão essa entre paredes de tapera, escrevendo escondido, imerso em um tempo que parece feito de diferente substância.

Naquele dia, a excitação obliterou o cansaço. Mal chegamos, procuramos debater estratégias e identificar os erros das expedições anteriores. Enquanto a maioria julgava que a derrota se dera por inabilidade e frouxidão das tropas derrotadas que nos precederam, nós, os fluminenses oriundos da escola militar, calculávamos que a vitória diante das taperas muito nos custaria. Porém, o mais espantoso era que ninguém vira o inimigo. O comando nada instruíra acerca do comportamento do jagunço na guerra. O que sabíamos era pouco e desencontrado, originado de boataria dos nativos e dos sobreviventes das primeiras lutas. Nos interregnos entre os combates, o Arraial parecia um local pacífico e silencioso, quebrado pelo repicar diário dos sinos que chamavam seus fiéis.

Montamos nossas barracas e dormimos pesadamente aquela primeira noite, depois da longa jornada. Assim que amanheceu, fomos instruídos sobre a organização do acampamento, a localização do quartel-general, a distribuição de água e rancho e onde deveríamos aliviar nossas necessidades. Quando vimos esse local, percebemos que a construção das fossas estava incompleta, havendo apenas uma que possuía a profundidade adequada para esse fim. Ao lado, perfilavam-se dezenas de pequenos buracos recém-cavados. O cheiro era nauseabundo, ao que se somava o de urina em todos os cantos, pois os homens urinavam livremente entre as barracas, contrariando as instruções.

Com esse serviço malfeito e malcheiroso, os homens acabavam se aliviando no caminho até as latrinas, nas laterais da trilha, empesteando o percurso. Alguns grupos cavavam por conta própria em lugares combinados e quase secretos, criavam latrinas privativas para seus alívios. Durante a instrução da manhã, anunciaram a existência de um serviço sanitário, e eu me esforçava em entender que diabos de trabalho esse corpo sanitário estaria fazendo, ao desafiar e descumprir regras elementares de logística militar.

Em vinte e quatro horas, o entusiasmo que vivenciamos na marcha foi substituído por um estado de espírito que eu desconhecia na literatura militar. A rapidez com a qual se dissolveu o moral da tropa não encontrava precedente nas piores situações enfrentadas por outros povos e outros exércitos. Naquele enclave no meio do nada, com gente de diversas formações ou formação nenhuma, percebi que a reação química que ali acontecia não era, como esperava, a de síntese, em que diferentes elementos formam um terceiro, no caso, um exército poderoso. A reação era outra, a de decomposição, os elementos melhores sendo degradados a um baixo nível insuportável.

Em uma semana estávamos lassos, acostumados à podridão e aos ataques de surpresa dos inimigos que brotavam do nada. Enfim, aos poucos, ficávamos como aqueles das outras expedições que aqui lutaram, cada vez mais indiferentes à sorte. O abastecimento, além de mal planejado, era constantemente saqueado pelos inimigos. A água era salobra, e a sede e a fome proporcionaram um comércio paralelo que só beneficiava os oficiais. Havia de tudo, desde que se pagasse, e aos soldados pobres restava se aventurar, sem permissão, em expedições de caça, enfiando-se por regiões desconhecidas onde frequentemente eram abatidos pelos jagunços de tocaia.

Vivandeiras haviam sido proibidas nessa expedição, mas concluímos que essa ordem foi dada somente para nós, para que não recrutássemos putas pelo caminho. Havia uma infinidade de soldados acompanhados de noivas, esposas, namoradas e crianças que não faziam ideia de onde estavam se metendo. Além dessas, conforme chegamos à Favela, vimos surgir do nada mulheres e crianças molambentas que circulavam entre a tropa. Na hora do rancho, as meninas se aproximavam de nós com olhos arregalados, e os desavisados doavam parte da ração — que as meninas ensacavam e nunca comiam na nossa frente. Depois, em Canudos, vi dessas crianças que chegavam com o escuro da noite com o que tinham obtido dos soldados.

Sou filho de mulato, e meu pai tem uma boa posição no Rio de Janeiro. Venceu obstáculos e é republicano fanático. Com a República, sua posição no funcionalismo progrediu sensivelmente. Valoriza o que conquistou e dá a impressão de que quer sempre retribuir em dobro o que conseguiu. Como se sua condição natural não merecesse. Recebia chefes e colegas de repartição em casa, quando tínhamos que representar cenas de civilidade e cordialidade. Ele parecia, nessas horas, diferente do que era na intimidade, me parecia artificial, falando de coisas da política e administração, assuntos dos quais eu não captava o menor sentido. Nos exibia com orgulho, citava glórias e conquistas que eu supostamente angariava já nos primeiros anos de escola, comentava sobre a excelente família de minha mãe, que era filha de portugueses e que, no entanto, nada tinha da importância que ele apregoava.

Quando criança eu o admirava, quando cresci, por vezes senti certa vergonha de sua subserviência e sua correição exageradas. Agora eu apenas o amo; compreendê-lo não é tão importante.

No dia de minha partida, minha mãe me abençoou e chorou. Meu pai, ao se despedir, bradou: "Vá, Ulisses, e volte em glória!". E, durante a viagem até Salvador, e ainda no decurso da travessia pelo sertão, eu secretamente me empolgava com o que ele dissera. Eu, me sentindo Ulisses, para depois me sentir ridículo e beócio das fantasias que alimentei.

Estudei, aprendi latim e francês, obrigatórios na formação dos bons jovens. O latim eu não domino tão bem como o francês. Por isso estou escrevendo em francês. Seria perigoso escrever em latim, porque eventualmente alguns padres aparecem aqui no Arraial, e, se pusessem a mão nesses manuscritos, eu seria morto.

Tive os luxos de uma boa casa, confortável e sempre limpa, onde o cheiro bom da madeira dos móveis estava sempre no ar. Desde sempre uma das coisas que mais me desagradava e ainda desagrada é o mau cheiro. Meu olfato é muito desenvolvido, e escondo dos outros essas vicissitudes de maricas. Por isso percebi, ao chegar, que a primeira vítima desse lugar foi o cheiro natural da terra. Aqui o fedor impera, e todos contribuem.

Através do cheiro tive minhas primeiras impressões da guerra, onde a promiscuidade de odores só foi piorando, e ainda piora a cada dia. Talvez seja esta a única coisa que ainda não foi contaminada pela minha indiferença. A única coisa que ainda me dá motivações — não a vontade de continuar vivo, porque isso me é indiferente — de sair daqui. É o feder constante, que paira noite e dia sob o calor sem vento, o que mais me incomoda e atormenta. Ao mesmo tempo, é o desejo de me livrar dessa podridão que impede que as cordas retesadas dos restos de mim arrebentem de vez.

No terceiro dia da chegada, todos começamos também a cheirar mal e verter o azedume de nosso suor e, como na reação química, irmanamos nossos odores aos homens que já estavam no acampamento. O miasma da decomposição era outra constante, porque, para os dois lados, remover os corpos representava uma situação de risco, e a região era um vertedouro de urubus, tantos como não vi na vida e achava impossível tal quantidade assombrosa em um local tão cheio de nada.

A água salobra e os hábitos sanitários fizeram rápido suas vítimas. Os cabras locais e os soldados da caatinga deviam ter seu jeito, que depois fomos aprendendo, mas nós, inexperientes, nos demos mal no começo. É que, depois de nos aliviarmos, a higiene do rabo só podia ser feita com parcas folhas, mas não conhecíamos a flora e quais seriam as mais adequadas para isso. Então alguns apelavam, sofrendo imensamente depois, limpando-se com terra. Outros vertiam nas mãos pequenas quantidades de água e tentavam a limpeza, mas as mãos ficavam contaminadas, ajudando a espalhar a diarreia, que avançou inclemente sobre nós. São também essas pequenas coisas e fatos que se somam ao atordoamento e me fazem querer escrever, memórias e sentidos que se misturam com a insanidade que eu desconfio esteja se apropriando de mim. É preciso que eu conte, eu quero contar tudo, e, finalmente, também esse aspecto, o da limpeza de nossos rabos.

Naqueles primeiros dias, percebendo que os soldados recém-chegados descambavam tão rápido para a tibieza, foi que o comando determinou a realização de exercícios que ocupassem os homens.

Os gaúchos foram dispensados dessas manobras de treino; pareciam os únicos imunes, em seu gueto, isolados. Nesses primeiros dias, enquanto ainda estávamos saudáveis, a merda nos saía pastosa ou ressequida, mas saía bem. Porém, com a falta de limpeza adequada, as marchas forçadas a que nos submetiam resultavam em assaduras que nos deixavam o rabo como um vulcão. Ao nos deitarmos, à noite, arriávamos as calças e, de barriga para cima, abríamos as pernas como uma parturiente e despejávamos um pouco de água, que ardia terrivelmente. Antes que reiniciássemos os exercícios, na manhã seguinte, tínhamos que nos aliviar, porque cagar era proibido durante o treinamento. Essa era uma hora de sofrimento, mas que seria multiplicada durante as longas caminhadas, quando o atrito das bundas suadas deixava-nos o rabo em carne viva. A caganeira mudou a rotina, a ponto de interromperem os treinamentos quando perceberam que a diarreia era quase geral.

Para mim, era melhor o cagar líquido do que o pastoso, ficava menos sujo e menos sujeito às assaduras, mas, em contrapartida, tanta repetição no fazer nos provocava dores terríveis na hora de fazer. Assim, trocamos a dor crônica pela aguda, talvez fosse menos ruim, , mas não era só isso que a diarreia provocava. A desidratação era acentuada pelo líquido que evacuávamos, e fraquejávamos a olhos vistos. A diarreia não era a mesma para todos; havia alguns que sofriam da solta, que era quando o homem nem percebia, salvo as manchas nos fundilhos e uma sensação de umidade na bunda, além do suor. À noite eu passei a dormir fora da barraca, e mesmo assim o cheiro dos cagados chegava a mim, além das outras e diversas emanações pestilentas, e isso infestava minha alma. Se era verdade que o exército realmente moldava os homens, da minha forja restou o silêncio, e meu mutismo cheio de ódio me valeu o apelido, não na tropa, mas depois, aqui no Arraial, no meio de Canudos, de Chico Mudinho.

Não foi só o cheiro insuportável e constante; a podridão e o cheiro de bosta serviram como prenúncio; um aviso. Foi todo o resto que vi nos primeiros dias, as degolas; os colegas que passavam fome enquanto banquetes eram servidos aos que tinham dinheiro; o homem queimado; gente com as vísceras se desfazendo porque, no auge da fome, comia mandioca-brava; as crianças; os cadáveres arrombados pelos bacamartes dos jagunços, que atiravam osso, vidro e pedra; o calor; a falta de brisa e os pequenos detalhes aos quais, a cada momento, eram acrescentadas novas notas em uma música composta de insanidade. A minha falta de vontade de falar talvez pudesse ser chamada de misantropia, mas ninguém entenderia; diriam ser coisa de fresco, de fraco. Talvez o mais correto seria dizer que eu em nada mais acreditava, nada me apetecia e odiava a todos. Não por indignação, mas porque fosse tudo insensato, e eu me contentava em ficar vagabundando por aí. Definitivamente, não foi só o cheiro; isso seria maricas.

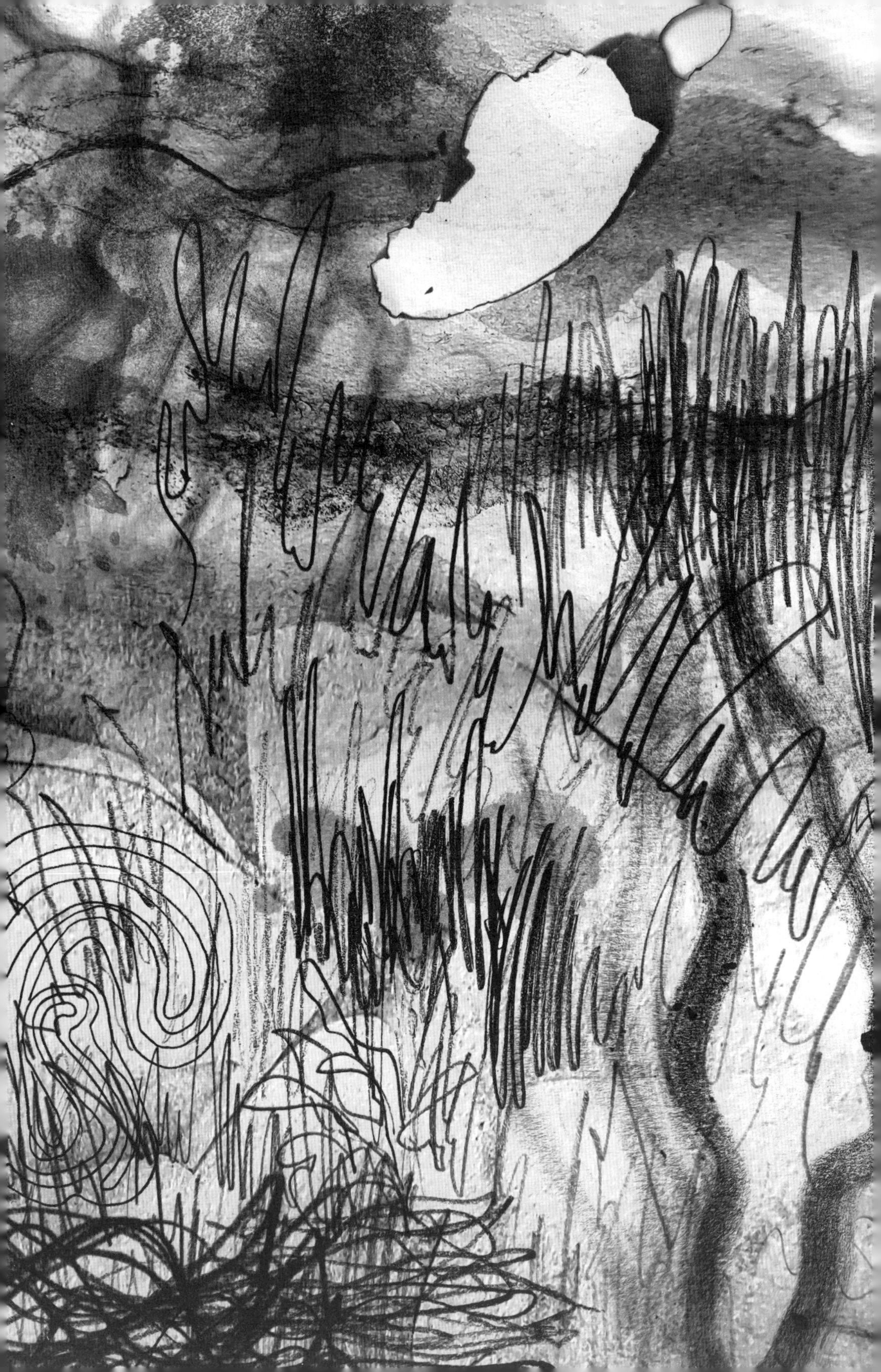

seis

O desespero dos homens que chegaram antes de nós, cuja fome era maior, fazia com que ignorassem as zonas de perigo. Abandonavam a relativa segurança do acampamento para caçar gado extraviado, cabritos, lagartos, galinhas de Canudos, qualquer coisa que pudesse ser capturada. Outros, que não se atreviam a sair, roubavam pelo acampamento e tentavam obter qualquer resquício de água, cavucando as margens do vaza-barris, perigosamente ao alcance dos tiros dos jagunços.

Eu andava de lá para cá, parava, me acocorava, observando desatento ao redor, porque era fato batido que os soldados estavam à míngua, diante de um inimigo que não aparecia e que tanto poderia ser um quanto poderiam ser três mil. Fossem tantos ou quantos que estivessem se preparando para nos enfrentar, eu apenas vivia os dias e olhava ao redor, esperando não sei o quê. Um desses grupos desesperados — eram quatro homens — saiu em busca de água, descendo o lado esquerdo do barranco na direção do leito do rio seco. Caminhavam tão sem cautela que o meu companheiro mais próximo, meu melhor amigo na tropa, que também não tinha o que fazer, saiu com eles, por curiosidade, acredito. Quando chegaram próximos ao leito, meu amigo foi atingido pelo horrível e primitivo bacamarte, que cuspiu um fogo de pedras, vidro, pregos e ossos que lhe despedaçaram a cabeça. Ele caiu sem saber o que lhe acontecera. De forma desordenada, de todos os cantos do acampamento, soldados começaram a disparar a esmo na direção do jagunço invisível, que já deveria estar longe dali, ou aguardando paciente a noite para roubar as armas do meu amigo. Dos quatro desesperados que haviam empreendido aquela excursão, dois foram atingidos por nossos soldados em meio à fuzilaria desenfreada que partia somente do nosso lado. Isso deve ter aumentado a expectativa dos jagunços escondidos logo ali, que agora poderiam capturar três armas e alguma munição. Os dois sobreviventes que escaparam foram castigados como exemplo. Era proibido sair das linhas, mas isso continuou acontecendo cada vez mais. Até o sol se pôr, eu fiquei acocorado, olhando o corpo do meu amigo, de barriga para o chão, uma mancha empretecida na cabeça, enquanto a escuridão ocultava seu corpo. Quando o sol nasceu, o que restava dele não estava mais lá, tampouco os soldados abatidos pela confusão dos tiros dispersos.

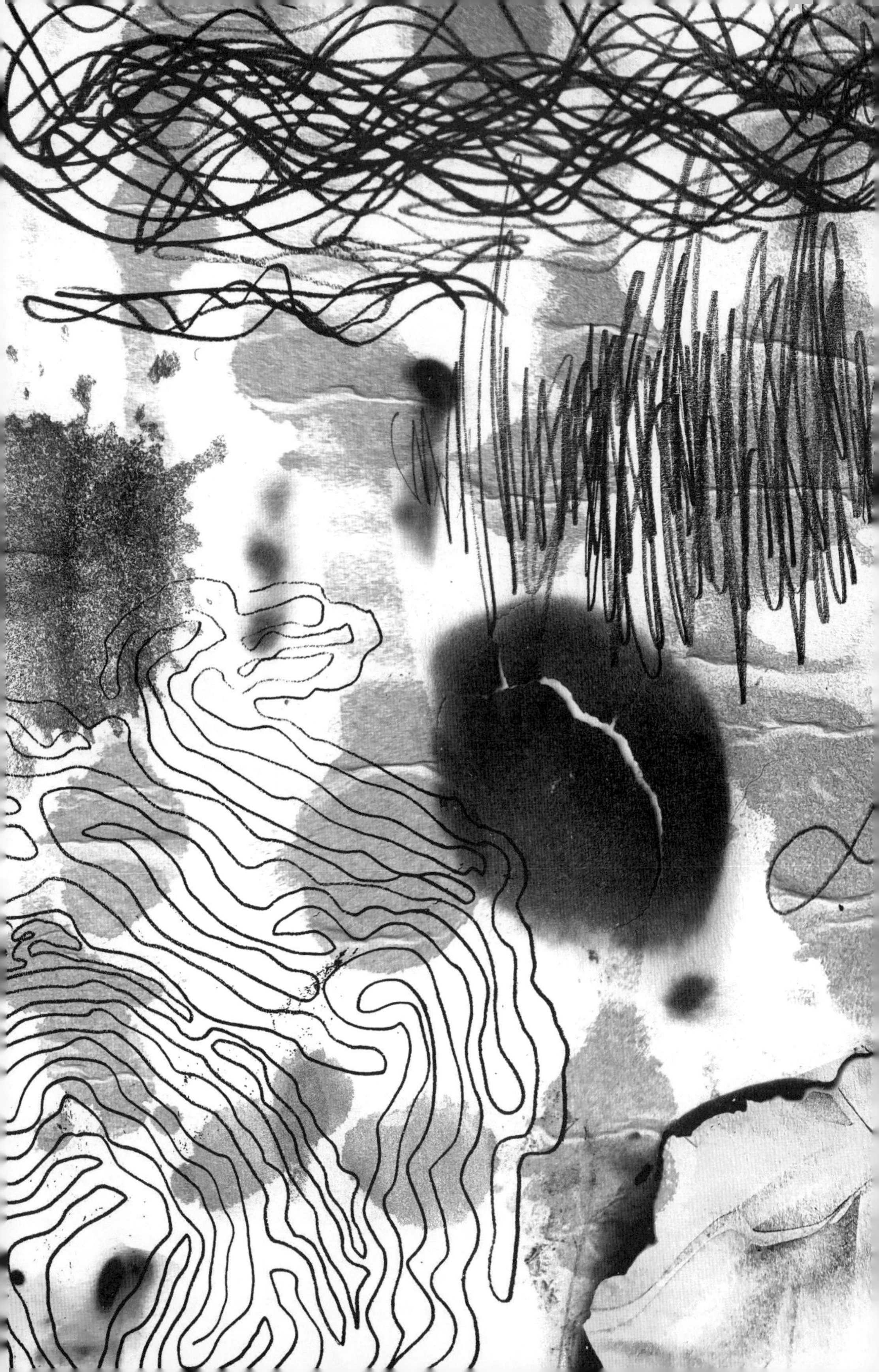

csete

Quando testemunhei os sintomas, foi em um sargento, que andava como bêbado, porém seu tropegar era diferente daquele que percebemos em um borracho. Pelo uniforme, seria mineiro, mas mesmo as vestes eram produtos de escambo, embora as patentes não o fossem. Era sargento, provavelmente mineiro, e parecia bêbado. Mas o bêbado comum tropeça porque lhe falta o equilíbrio. O sargento não, ele andava firme, mas mudava a direção a toda hora, como se estivesse indeciso do rumo a seguir. Os braços moviam-se exageradamente, e, se alguém não se desviasse do caminho, seria atropelado por ele, que seguia firme. Alguns, percebendo que estava fora de si, o afastavam com cotoveladas. Ele falava sem parar, e, ao me achegar, ouvi que eram só disparates o que dizia. Um tenente passava por ali e olhou em minha direção, aguardando instruções. Como eu não demonstrava o menor interesse, ele tomou a iniciativa de repreender o sargento. Segurou-o pelo colarinho, sacudiu o homem e perguntou o que estava acontecendo. Um soldado caboclo que vinha acompanhando a situação, mas não se atrevia a abordar o homem, pediu permissão ao tenente e aproximou seu nariz da boca do sargento. Sentindo o hálito de amêndoas que o veneno provocava, foi categórico ao afirmar que o sargento havia comido mandioca-brava.

Todos fôramos alertados para que não comêssemos raízes e plantas desconhecidas, alegaram que o comando cuidaria do rancho, mas esse era cada vez mais escasso para aquela multidão de soldados.

Para alguns a fome valia o risco, e se aventuravam a comer aquele tubérculo contra o qual fomos avisados. Ainda havia os que vendiam a mandioca alegando que estava descontaminada; mentiam para ganhar dinheiro e depois comprar coisa que prestasse. Se os sintomas daquele sargento, que talvez fosse mineiro, se resumissem unicamente àqueles desatinos mentais, ele seria um sortudo. Vi homens se contorcendo com cólicas pavorosas que davam a impressão de que suas tripas se liquefaziam. Outros, em estágio mais avançado, convulsionavam e espumavam pela boca. Esses raramente escapavam. A aliança entre a fome e a mandioca-brava era uma das eficazes artimanhas com que a morte semeava a mortandade entre os soldados.

E eu, que tinha pensado que fora apenas imaginação, quando o sargento passara próximo a mim e sentira, inconfundível, no meio da fetidez geral, um resquício do cheiro de amêndoas, sutilezas das desgraças que se faziam anunciar nesse lugar.

si les formes
    un lieu
    je vois trois
    lles ressemblent
    grand-mère e
ans un lieu de sou
    lles connaissent
    inébranlable
    et elles

oito

O comércio fervilhava. Os mais experientes nas coisas da guerra trouxeram dinheiro. Os altos oficiais não precisavam; o suprimento deles era prioritário e separado do nosso. Improvisou-se então o escambo em razão da falta de dinheiro. Munições, que seriam provavelmente desviadas para os rebeldes, movimentavam uma linha de trocas onde o artigo mais valioso eram os cartuchos de *Mannlicher* e *Mauser*, cuja demanda era evidente — eu abismava —; só poderia servir ao inimigo. E não eram só balas, mas roupas, joias, relógios e qualquer bugiganga disponível, que resultavam, ao final, em comida. Principalmente carne-seca e cachaça. Sabe-se lá que tipo de carne. O valor desses itens sofria variação na proporção do sucesso do abastecimento dos comboios, que eram sistematicamente saqueados. Essa profusão de produtos circulava ao largo dos soldados rasos e pobres, famintos em um exército que não os alimentava, recrutados pela força ou pela empolgação, que não tinham nada a oferecer nesse mercado. Sentiam o cheiro da comida e nada podiam fazer, e eu, talvez em meus últimos resquícios de hombridade, sentia pena, mas também sentia fome.

Comprei uma porção de carne-seca. Uma boa porção, embrulhada em papel pardo que escondi sob a casaca. Procurei um canto isolado, mas isso era difícil de encontrar. Entrei em minha barraca. Um sujeito desconhecido — não era um dos que dividiam o espaço conosco — dormia. Fiquei um tempo até decidir. Provoquei alguns ruídos e me acheguei para confirmar que ele estava mesmo dormindo. Então comi escondido. Carne-seca com farinha. Não comprei cachaça — pensava ser previdente e economizava dinheiro —, e terminei a refeição com o resto de água morna que tinha em meu cantil.

Satisfeito, sentindo os gases benfazejos da refeição subindo pelo estômago, dormi ao lado daquele desconhecido.

O dia foi cansativo. Não sei se já escrevi o que estou prestes a escrever. Tenho a sensação da repetição e somente diante dessas folhas cuja cor não vislumbro espero encontrar algum fio de meada. O que escrevo é sempre no escuro. Eu não posso ler — ninguém pode ler, nem mesmo imaginar que sei escrever, e menos ainda em outro idioma. Portanto escondo, e escondido continuo a escrever. O fato é que, naquela época em que vivi no acampamento do exército, fui falando cada vez menos. Talvez meu silêncio fosse uma espécie de desencanto. Eu rondava o acampamento como um vagabundo, omitindo as ordens e escapando da minha linha de comando. Se um oficial me indagasse sobre minhas ordens, eu, acocorado pelos cantos, inventava o nome de outro oficial e uma tarefa absurda, depois repetia tudo ao contrário, se outro me abordasse logo depois. Quanto mais eu via, mais entendia e menos apreciava. Não era para isso que estudamos as estratégias napoleônicas, as batalhas épicas da Antiguidade e as revoluções bélicas que o novo século prometia. Eu tinha ódio de tudo, da minha covardia em não desertar, do medo da reação de meu pai e, principalmente, dos miasmas que eram senhores do lugar. Eu só queria sair e esquecer, não estar lá, voltar para o meu Rio de Janeiro e me vingar da guerra, esquecendo-a. Sobreviver não era tão importante quanto poder dizer *não*, por meio da indiferença.

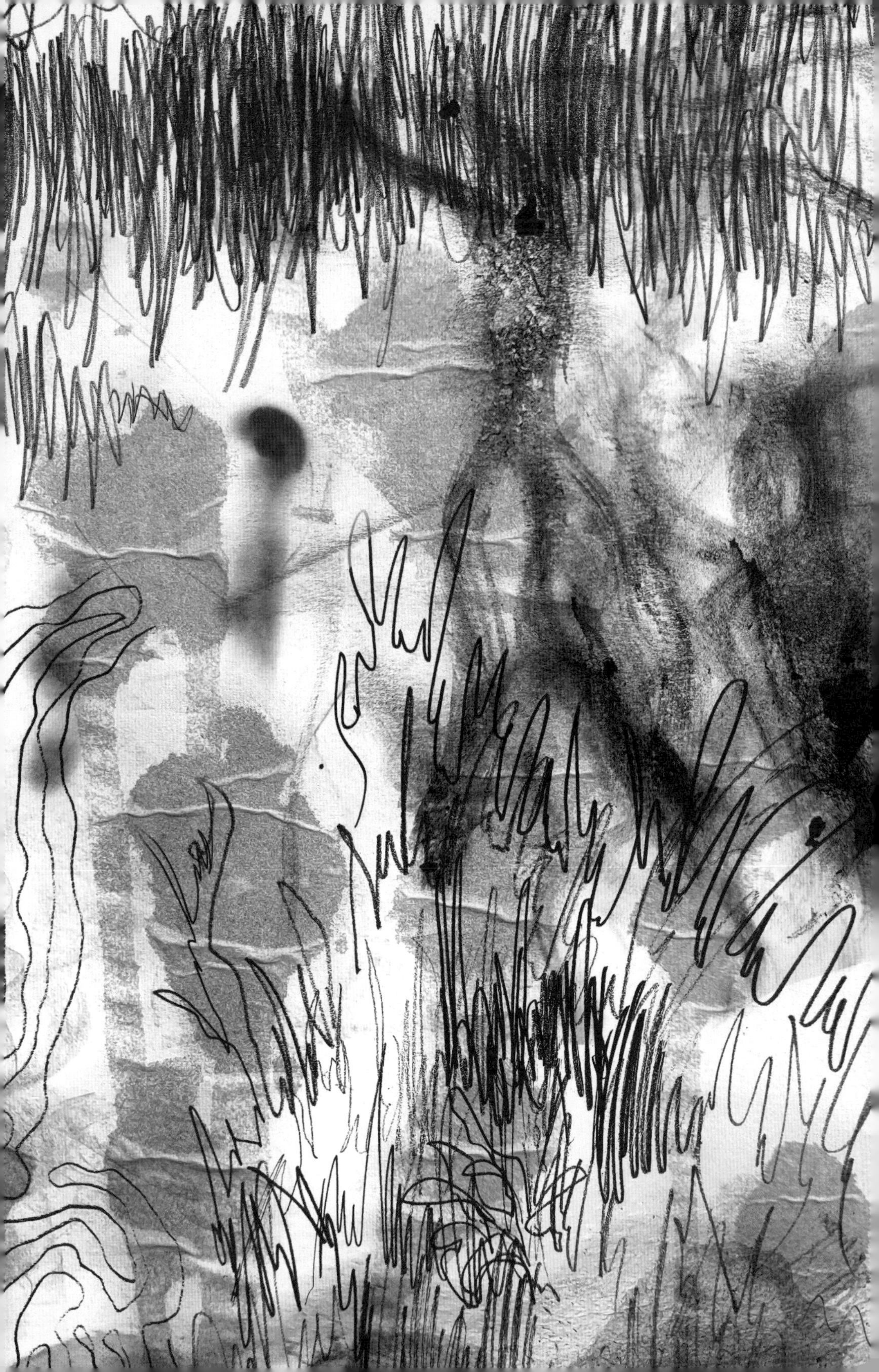

hove

𝒩a escola militar, estudei as estratégias e as batalhas. Deliciava-me com as manobras comandadas por homens de gênio, procurava entender as novas formas de combate que os americanos criaram em sua guerra, mas sempre, em todos os casos que aprendi, tratava-se do embate entre exércitos, onde a habilidade dos comandantes era transmitida como sangue nas veias das tropas, e duas entidades orgânicas, dois exércitos, se embatiam em campo aberto.

Mas as coisas que acontecem nessa guerra nada dizem e nada ensinam. São tropas que se exaurem mutuamente, com a diferença que, do lado da República, há um contingente interminável que pode ser enviado para aqui se consumir. Do lado dos jagunços, os caminhos dos voluntários que querem se juntar ao Conselheiro estão se fechando mais a cada dia. O inimigo se une completamente à natureza que nos é estranha, inventa uma forma de guerra, desconhecida, algo que não podemos conceber e não sabemos combater. Deliro: por hábito, chamo de inimigo quem no momento já não sei como nomear.

A vantagem do exército é ilusória. A organização dos batalhões soçobra entre cascalhos e espinhos, e, durante os embates, a confusão impera. Possuem capacidade ilimitada de recursos, mas a linha de abastecimento, fundamental para a vitória, não funciona. A arrogância diante do inimigo faz os soldados passarem fome porque os comboios não chegam; são saqueados porque mal organizados e porcamente guarnecidos. O único elemento que há de sobra é a superioridade numérica, pois, ainda que os combatentes morram como moscas, o governo sempre terá novos soldados para enviar, até que se esgote de vez esse absurdo que alguém deu de chamar de inimigo.

Afinal de contas, ainda que Canudos acabe sem que eu morra, mesmo se eu não tivesse vivido entre os dois lados da guerra, sinto que minha vontade de fuga não é vontade de regresso, porque não gostaria de ver mais ninguém, não gostaria de encontrar meu pai, que saberia, no momento em que chegasse, que eu estaria destituído de ilusões e que o filho que partiu não é o mesmo que retorna. Não é vergonha, não é culpa, não é arrependimento; é ausência de vontade de estar entre humanos, é a alma que se foi, farta do que viu.

Esse vácuo, feito em quem enfrenta um tipo de guerra como essa, aprisiona e provoca o desejo de não sair da tropa, pois parece impossível que se possa recuperar uma vida normal. Assim, acredito, existem os que se aferram ao exército, ficam, desejam ficar para sempre, pulando de guerra em guerra, matando aos outros até que alguém tenha piedade de retribuir o favor. De preferência, longe de todos aqueles que uma vez os conheceram quando eram humanos.

Um homem sai da guerra impune, mas não creio que dela saia imune. Ainda que seus rastros surjam sob a forma de pesadelos e noites inquietas; mas isso faz parte do ofício. Contudo, esta guerra extrapola tudo aquilo que o horror poderia supor. Este conflito deixará marcas indeléveis ou então vai inaugurar um novo tempo de matanças sistemáticas, impunes e insensíveis. Não há meio-termo.

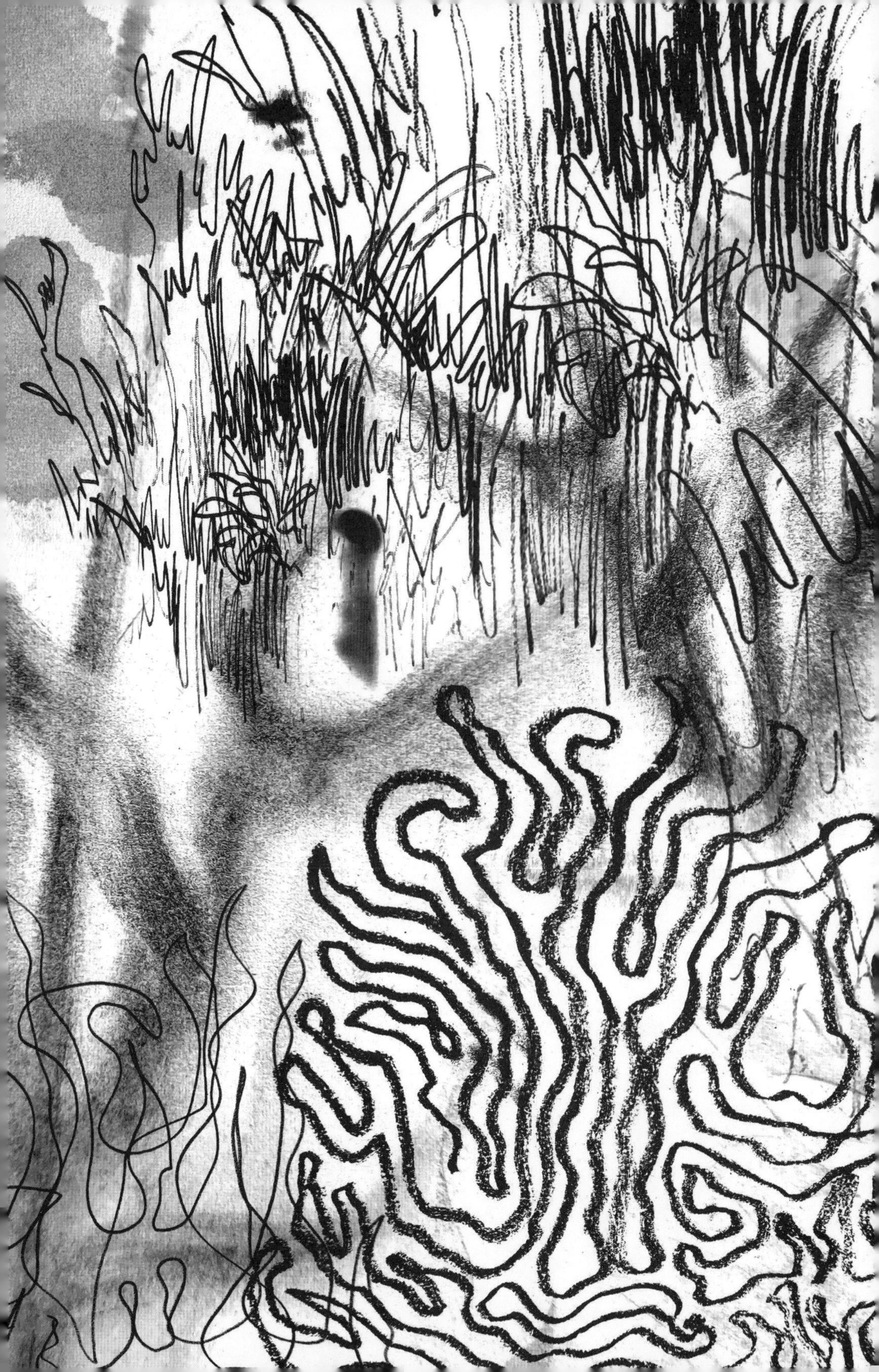

dez

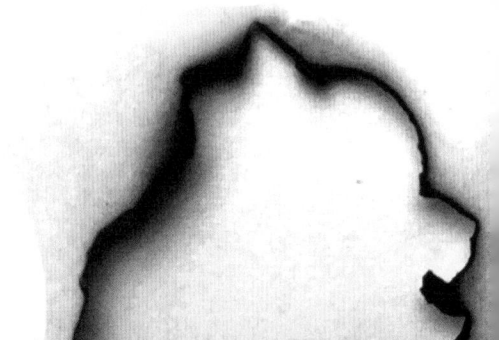

Enquanto me cagava, uma vez recebi uma missão de verdade, uma ordem que poderia ser passada para qualquer soldado raso, mas aqueles que me designaram talvez achassem uma atividade difícil demais para um recruta, provavelmente analfabeto. Saber ler era algo que não tornaria mais eficiente a realização da tarefa, mas aqueles que ordenavam tinham motivos para se exibir naquele dia. Aquilo que pediram para eu fazer, e que seria até vergonhoso se eu me importasse, era buscar um dos médicos no hospital de sangue para que esse recepcionasse um jornalista que estava no quartel-general.

Eu fui. E voltei com ele. E aproveitei para entrar no quartel. Era proibido entrar lá, mas, como eu tinha ingressado no sacrossanto território dos donos da guerra em companhia do médico — ninguém percebeu que minha missão era só levá-lo até lá —, fiquei por ali. Era uma oportunidade para eu vadiar onde nunca tinha vadiado. Além disso, água fresca, petiscos e comida de verdade estavam à disposição em uma mesa. Desfrutei.

O médico que, pela conversa, descobri tratar-se de um pesquisador renomado, apresentou-se ao jornalista, e junto a eles se meteu um coronel com pretensões de intelectual. O trio conversou acaloradamente sobre um tema que eu conhecia, e pressenti aonde eles pretendiam chegar.

Me misturei a outros oficiais e ajudantes de ordem que estavam no recinto, onde ninguém, salvo o trio, se interessava pelo debate. Estavam tão entusiasmados com a discussão científica, quase aos berros, que acho que se esqueceram de mim. Houve uma pausa na conversa quando concluíram que precisavam de exemplares dos inimigos. Eu já esperava por esse desfecho, e seria natural que pedissem a mim, porque, mais ou menos, eu estava lá para atender às demandas do trio.

Devem mesmo ter se esquecido de mim, porque pediram a um ajudante que buscasse três prisioneiros de Canudos, o jornalista dando ordens como se fosse oficial — estava empolgado mesmo —, alertando que não queria pretos. O ajudante perguntou se podiam ser mulheres, caso não tivessem homens. Pior ainda, retrucou o jornalista, dizendo, por fim, que queria mesmo era o natural da terra, de testa bem larga. Dez minutos depois, o ajudante retornou com dois prisioneiros. Três não havia no momento; eu sabia o motivo. Um deles era baixo e atarracado, um espécime clássico dos jagunços. O outro, embora pelo rosto não destoasse do primeiro, era excepcionalmente alto. E magro. O trio achou que a entrega chegara melhor do que a encomenda, melhor do que podiam esperar. Não vieram três, mas dois, porém de diferentes origens e constituição, e isso viria a calhar para o que pretendiam.

Amarrados, os prisioneiros foram obrigados a sentar em banquetas, vigiados por três ajudantes de ordem e um tenente. O jornalista abriu sobre uma mesa um grosso livro, sacou de compassos e instrumentos para a tarefa, e então começaram a medir as cabeças dos prisioneiros, como um cavalo ou um boi à venda, a quem se avaliam os dentes e as ancas. Mediam a distância entre os olhos, a distância do topo da cabeça até as sobrancelhas, a largura da testa, diâmetros e circunferências e, a cada medida, faziam cálculos e exclamavam conclusões.

Não satisfeitos, querendo provar suas teses, pediram gentilmente voluntários entre os oficiais, para que se submetessem àquela empreitada científica, seguros que estavam dos resultados que esperavam. Mas todos no ambiente fizeram uma expressão desconfiada de quem procura se safar da acusação de um crime em um interrogatório, mesmo que fosse inocente. Sabe-se lá que tipo de coisa aqueles magos revelariam. Eram homens, mas afinal poderiam se tornar maricas. Eram bravos, mas revelariam tendência para a covardia. Eram honestos, mas talvez denotassem propensões ao roubo. Se o coronel ordenasse, eles não teriam escolha, mas era evidente que demonstravam desconforto. Eu não aguentava mais a tensão nem o espetáculo dos jagunços, que, tão logo fossem analisados, seriam degolados, e saí de fininho. Ninguém percebeu. Nesse dia eu comi um bocado.

Conze

*O*s soldados começavam a se parecer cada vez mais com os prisioneiros capturados: sujeira e farrapos. A partir daqueles poucos exemplares que chegavam das fileiras inimigas, imaginávamos quantos mais estariam nos espreitando escondidos, aguardando pacientemente o momento de entrar em ação. Pelo que já tinha visto, esse momento só aconteceria quando decidíssemos atacar. Nessas horas a reação dos inimigos surgia como mágica, era feroz, nos desnorteava e não entendíamos o que acontecia.

Mas eu já antecipara isso. Fora no momento em chegamos e vislumbramos o conjunto de taperas, tão grudadas que não se divisavam ruas, e a partir dali eu sabia que as coisas seriam diferentes. Os gênios militares que nos inspiraram na escola, suas estratégias em batalhas épicas e heroicas, a noção de luta, enfim, não cabiam em Canudos. Não seria um enfrentamento entre tropas em campos abertos, feitas de avanços, recuos, inspiração, iniciativas e valentia, porque nada disso valeria por aqui. Seríamos espezinhados em banho-maria, até o limite da sanidade. E os inimigos eram mestres nesse tipo de guerra, inaudita e silenciosa, e nós não estávamos preparados.

Alguns dos nossos pareciam talhados para isso, apreciavam a novidade do espetáculo e se lamentavam que a guerra não fosse travada exclusivamente com facões e porretes. Irmanavam-se os gaúchos e os soldados locais no gosto pela guerra branca, que sangrava mais. Essas regionalidades irmanavam os do extremo Sul e os do Norte, que consideravam a nós, da capital, uma espécie exótica e afeminada.

Abrir um mapa, analisar o terreno, estudar táticas, para eles, era coisa de frouxos.

E, para piorar, justamente essa vontade de elaborar estratégias, que nada servia nesse tipo de guerra, estampava a cada dia a nossa incapacidade, e muitos começaram a dar valor à guerra suja, destrambelhada e na força bruta. Foi o que prevaleceu, e a degola era a ponta dessa filosofia.

Contudo, uma coisa havia em comum, que era um orgulho difuso pelo país e pela República, além do desejo de vingança contra os fanáticos selvagens. Todos odiavam os jagunços, ninguém sabia nada sobre eles, e, no entanto, se pareciam cada vez mais os soldados e os jagunços, igualmente famintos, sujos e esfarrapados.

A única exceção, e esses eram minoria, cabia aos soldados locais e aos jagunços a serviço do exército. Eram perceptíveis entre esses o respeito e o temor pelo inimigo. Eram os mais compenetrados nos enfrentamentos e nas expedições pela região. Eles também gritavam, eufóricos, os vivas à República quando supliciavam os prisioneiros, mas isso acontecia em território seguro.

Eu não saberia dizer por quantas semanas estive no acampamento do exército, cenário das memórias e sensações que venho escrevendo, até o derradeiro dia em que um ataque foi finalmente ordenado.

Nessa hora, tudo se esquece. No dia anterior, no meio da tarde, sentíamos que, se o inimigo nos caísse em cima, deixaríamos acontecer, sem a menor reação, a não ser fechar os olhos e buscar um cochilo reconfortante enquanto o pau caísse sobre nós. No entanto, quando o enfrentamento deixa de ser suposição, os sentidos ficam aflorados, a fome dá um revés, tudo se olvida. Descemos em carreira na direção do Arraial, como se não estivéssemos na pindaíba extrema em que nos encontrávamos.

Alaridos, cornetas, ordens de comando, tropel — eu era parte dessa cadeia e dirigi meus homens exemplarmente. Ganhamos terreno, saudados pelos canhões, cujos projéteis estridentes nos mostravam a direção da vitória certa e inclemente. Isso nos embriagava, dava à tropa uma força sobre-humana, ainda que não acreditássemos na missão, ainda que prevíssemos sua inutilidade, ainda que fossem minoria os que pensassem assim, ainda que fosse somente eu.

Enquanto a artilharia fumegava Canudos para cobrir nosso avanço, nos aproximávamos do Arraial sem o menor sinal de resistência do inimigo. Haveriam fugido? Estivéramos passando fome para uma batalha contra fantasmas? Quando os soldados se encontravam já entre os primeiros barracos e a artilharia interrompeu a chuva dos canhões para não atingir a tropa, o inimigo deu sinal de sua existência, e de todos os lados fomos abatidos sem clemência. Não eram fantasmas; eram invisíveis. Tão motivados e vorazes como nós, porém no terreno deles. As linhas de frente já estavam dizimadas, e, entre as taperas por onde os soldados avançados se imiscuíam, furtivas formas despejavam machadadas, estocadas e pedradas sobre nossos homens.

Olhei para trás e percebi que a retaguarda era composta dos homens mais experientes — gente da campanha anterior — e que esses, em vez de desabarem conosco em tropel ambicioso, avançavam cautelosos, mirando tocas, sombras e esconderijos onde poderiam estar os inimigos. Percebi que foram uma insanidade o desabalo e a dianteira dos inexperientes, quando aqueles homens experientes é que deveriam conduzir o avanço. Enquanto me familiarizava e procurava imitar os movimentos dos soldados da retaguarda, que vinham passo a passo, praticamente não havia mais ninguém no ataque. Os sobreviventes desabalaram em fuga, atrapalhando o avanço da tropa experiente. Quando dei por mim, poucos restavam em minha posição, que, a uns cinquenta metros das taperas, era então a mais adiantada, pois não havia mais soldado vivo além de onde eu estava. Eu era um dos mais avançados, ou um dos últimos na fuga, a depender do ponto de vista. Antes que decidisse correr de volta como todos estavam fazendo, senti uma pressão na nuca.

doze

*E*ra dia ainda — se bem que pudesse ser o dia seguinte —, e com esforço abri meus olhos grudados com algo que podia ser sangue ou podia ser só remela, depois de muito tempo desacordado. Sentia dor na parte posterior da cabeça e quis tatear o estrago que havia sofrido. Mas, enquanto eu pensava, vi que os jagunços dominavam o terreno, repleto de corpos de soldados e de inimigos. Certamente, mais soldados que inimigos.

Fingindo-me de morto, vislumbrei os jagunços revistando e terminando de matar os soldados ainda vivos. Naquela posição, os tiros do fuzil do alto do acampamento faziam pouco estrago, porém os canhões faziam muito. Imaginei por que estariam bombardeando as próprias tropas, e entendi que eram tiros de misericórdia, pois os sobreviventes e feridos estavam entregues aos inimigos, sem possibilidade de resgate. Ademais, os canhões teriam a virtude de atingir alguns jagunços. Meu corpo saltitava enquanto a terra tremia ao redor, e eu deixava os braços balançar ao gosto da sorte; não protegia o corpo para não parecer que estava vivo. Sob o bombardeio, a jagunçada se retirou; provavelmente retornariam à noite, como sempre faziam, e planejei que, se eu tivesse condições de me movimentar — ainda não tinha a dimensão dos meus ferimentos —, aguardaria o escuro para tentar voltar ao acampamento. Foi quando percebi que isso seria impossível.

O ângulo de visão que tinha era pequeno, mas permitiu que descobrisse de onde chegara o grosso de nosso morticínio. Havia uma trincheira que ninguém percebera, que comprometia o flanco esquerdo das tropas que tentavam invadir o Arraial. Havíamos passado pela jagunçada sem notá-los, assim como não percebemos que éramos alvejados pela frente e pelo lado. A estratégia deles fora perfeita, e, como consequência, no lugar em que caí, percebi que, se tentasse alcançar o acampamento, seria abatido por trás, pois era impossível voltar sem que os jagunços daquela trincheira me notassem.

Quando começou a escurecer, reuni coragem para passar a mão onde a cabeça latejava, e, sob a casca de sangue seco, algo macio cedia à pressão de meus dedos. A angústia me dizia que minha cabeça estava aberta, porém a incredulidade me lembrava que, se meus miolos estivessem para fora, eu não poderia fazer o que estava fazendo; eu já nada seria. Mas, quanto mais eu pressionava aquela gelatina, mais doía a cabeça e eu vacilava entre a incredulidade e fantasmagorias sobrenaturais. A agonia de acabar com o impasse, o desgosto por tudo que eu vinha sentindo nos últimos dias e, finalmente, uma sensação mórbida de querer testar o sofrimento, fizeram com que eu mergulhasse os dedos na cabeça, enfiasse até onde alcançasse, quando entrei em pânico ao sentir que os ossos se mexiam, como um caco de telha abaulado que, quando cai no chão, fica balançando até encontrar seu ponto de equilíbrio.

O susto me fez ofegar, e quando eu soltava o ar emitia grunhidos como um cachorro que resmunga em um pesadelo. O batimento acelerado do coração, eu sentia nos olhos e nos ouvidos, a pressão imensa do pulso fazia a vista clarear e escurecer, ao ritmo do sangue. Não sei quanto tempo levei para me recobrar, mas a escuridão já era maior, e, em instantes, a jagunçada viria para terminar o serviço e capturar as armas. Pensei se haveria — e quantos — soldados que estariam como eu, vivos e despejados sobre o campo de batalha. Mas como eu estaria? Eu sabia que não poderia estar vivo com os miolos de fora e os ossos do crânio soltos. Eu não aguentava mais a agonia. Num ímpeto, afundei a mão novamente na massa visguenta e arranquei o que pude. Junto a um pedaço de uns dez centímetros de crânio, o cérebro escorria em meus dedos. E agora? Nada fazia sentido, e resolvi enfiar de novo a mão. Preferia arrancar o cérebro inteiro de dentro da minha cabeça do que ficar com essas dúvidas de vida e de morte, sabendo que os jagunços estavam para chegar. Veio então meu segundo pânico, o de perceber que minha cabeça estava inteira. O cérebro não era meu; eu havia sido atingido por um fragmento de outra pessoa. Se de jagunço ou soldado, jamais saberei. Fiquei alerta e me condenei por ter perdido tanto tempo apalpando com cuidado miolos que, afinal, não eram meus.

Eu precisava sair dali, e sabia que era impossível seguir na direção do acampamento. Poderia ir para longe, mas, do lado de cá — o dos inimigos —, cada buraco e cada toca poderiam reservar uma tocaia.

Eu deveria seguir em direções desconhecidas, e definitivamente não poderia usar o uniforme. Tentei erguer o corpo e caí de novo, talvez estivesse tonto depois de sei lá quanto tempo naquela mesma posição. Ou talvez fosse o golpe na cabeça, que ainda doía muito. Sentei, me despi e fui me arrastando para o mais longe que consegui. Tive então o lampejo de vestir a roupa de um dos jagunços, mas, no escuro, não conseguia divisar se os corpos com que me deparava seriam de soldados ou inimigos. De quatro, nu como um animal, tateei as vestimentas e as armas que jaziam junto aos corpos. Um jagunço poderia portar um fuzil capturado de um soldado, mas jamais um soldado portaria um trabuco, e fiz minha escolha: escolhi um homem que, percebi depois, era bem menor do que eu.

No momento em que tentei retirar as roupas do outro, ouvi sons que só poderiam vir dos passos sutis dos jagunços, que andavam na caatinga como quem caminha sobre algodão. Desconhecendo se estariam próximos ou distantes, puxei o cadáver pelos pés e caminhei noite adentro, sem saber para onde, até que a luminosidade diáfana da madrugada me permitiu enxergar. O jagunço era jovem, da juventude indefinida daquela gente, que tanto poderia ter dezessete como vinte e poucos anos. Tinha um ferimento no pescoço, por onde havia se esvaído. Era menor do que eu, e a calça larga, amarrada por um cordão de embira, embora tenha me servido na cintura, alcançava pouco abaixo do joelho. A camisa era mais larga — ele dobrara os punhos — e serviu um pouco melhor. O gibão não permitia que dobrasse muito os braços adiante do corpo, e dentro dele encontrei algo endurecido, cor de terra, que lembrava a casca de um pão, que engoli sem atentar ao sabor. O que de mais precioso possuía, e pelo qual eu estava mais desesperado, era uma cumbuca com água até a metade. Tive a intenção de apenas molhar a boca, para economizar, mas acabei bebendo tudo em um gole.

d'un lieu
je vois troi
grand-mèr
n lieu de s
ébranlable e
ses visages co
ses et les stat
un lieu ince
trois fe
ère et
souff

treze

*N*ão sei quanto dormi. Despertei agora e ainda estou com o lápis e as folhas entre as mãos, coisa que eu não poderia deixar acontecer. Talvez tenha adormecido há poucos instantes e por isso tenha acordado assim, sonolento, grogue, como quem desperta antes da hora, mas sinto que preciso escrever.

Ainda está escuro, e, enquanto escrevo, sinto como se estivesse embriagado, tamanho é o sono que me busca de volta. Luto contra a vontade de dormir, porque sonhei e preciso, desesperadamente, contar sobre isso. Não posso esquecer o que acabei de ver.

Vi em sonho, nítido como se eu fosse o pintor, e vejo ainda, como se ainda sonhasse, um quadro, como nas gravuras do Renascimento. Entre vultos esfumaçados de um lugar incerto, vejo três mulheres. Parecem mãe, avó e filha. Elas estão em um lugar de sofrimento, sabem de uma verdade inarredável, terrível, e inclinam seus rostos como em quadros e estátuas de piedade. Anjos ou crianças as cercam em meio à paisagem borrada, e outras sombras ainda, indefiníveis, as rodeiam. Cada uma das mulheres encara o pintor de maneira distinta. A mais velha, cujo rosto começa a desvanecer, entrega-se, resignada, e não espera mais nada. Conforta-se em suas memórias, lembra o que viveu, pensa em alguém que não está mais lá. A mulher com idade da filha transmite sensação de esperança. Uma criança se apoia nela, e a mulher acredita no perdão, na redenção, que haverá um futuro, que a vida recomeçará em algum momento possível, e acredita, piamente e com o coração de mãe, que o mundo será um lugar em que ainda encontrará acolhimento e paz. A terceira, a mais jovem, me dá calafrios. Seus olhos são olhos de quem julga. Vertem ódio, mas um ódio feito de desafio e promessa de vingança. Aquele momento, congelado de terror em suspensão, não ficaria sem resposta. Ela promete liberar uma força contida e descomunal de fazer o mal a quem criou aquele lugar, amaldiçoando ao mundo, ao próprio Deus, assim prometendo um sofrimento inominado. Seu olhar parece escapar da tela, desafia o futuro, alcança muito além da figura que representava no quadro, quer se fazer viva para germinar seu sofrimento vingativo pelo mundo. Aquela mulher rogava uma praga poderosa contra a humanidade.

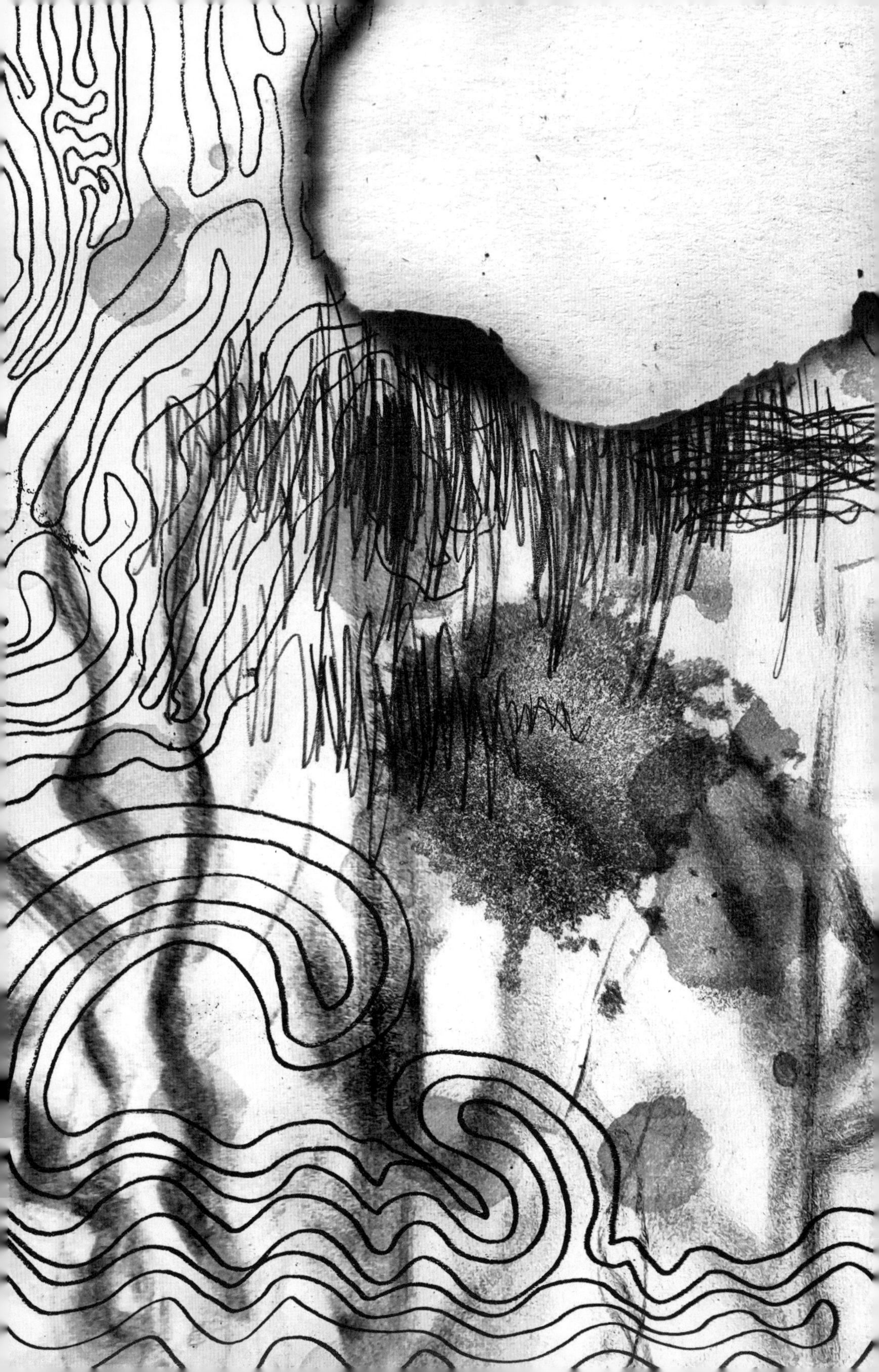

catorze

*N*ada escrevi na noite passada com a intenção de abreviar o momento do sono, tentando assim reencontrar o sonho que tanto desconsolo tem me provocado. Mas não sonhei. Retomo a minha história; quem sabe assim arranco da memória a imagem tão nítida daquela terceira mulher, que tinha tanto a dizer ao Universo e eu desejava que ela dissesse algo somente para mim.

Consegui escapar da excursão noturna dos jagunços após a batalha e por dois dias andei com as roupas e as alpercatas do jovem jagunço. No início, procurei me dirigir para o Sul, tentando memorizar onde o sol havia surgido e seguindo para o lado direito. Desejava chegar a Cumbe, ou então encontrar alguma fazenda no caminho. Porém, com o sol a pino, já não fazia ideia se estava no rumo certo, então desisti do Sul. No dia seguinte tomei o rumo Leste assim que o sol despontou e no meio da tarde, ao longe, notei alguns vultos que seguiam. Me acocorei e aguardei. Se eu os vi, eles, com certeza, me viram antes do que eu a eles. Eram pontinhos escuros ao longe, que, por vezes, interrompiam a caminhada e a retomavam depois de uns minutos. Eu não sabia o que fazer, e não procurei me esconder — afinal, já sabiam que eu estava ali. Bem devagar, eu levantava e seguia por algumas centenas de metros, e então novamente me acocorava. À esquerda percebi outro grupo, que parecia convergir em direção ao primeiro que avistei; pareciam ser três os pontinhos. Então, os que estavam na frente viraram na minha direção — até aqui dirigiam-se oblíquos —, e calculei que nosso encontro se daria em uma hora ou um pouco menos. Resolvi sentar e esperar. Eu estava perdido, e torci para que estivessem a caminho de alguma cidade ou fazenda, onde poderia me identificar. Se fosse isso, pediria para seguir com eles. Além do que eu não sobreviveria mais um dia naquelas condições, e aqueles que se aproximavam certamente teriam água e comida. Quando estavam a uns quatrocentos metros, notei que o grupo era composto por homens armados, crianças e mulheres. O grupo retardatário também já estava chegando, e conduziam uma mula carregada.

Decidi caminhar ao encontro deles; nada mais podia fazer. Enquanto ia, olhei para baixo e me reconheci como uma figura decrépita. Toquei meu rosto, senti cascas de sujidade. Os cabelos estavam desgrenhados pelo sangue, e uma camada externa de pó cobria tudo e formava uma capa dura sobre a cabeça, como se eu tivesse me banhado em lama. As roupas, os farrapos que usava e a barba que eu já não fazia há dias, mesmo no acampamento, me deram a impressão de que, quem quer que fossem aqueles que se aproximavam, eu não destoaria deles.

Próximo do encontro, um homem me apontou um fuzil. Era um *Mannlicher*, provavelmente saqueado do exército; mas era claro que ele não era um soldado. Portanto, eu já não tinha dúvidas. Não levantei os braços em gesto de rendição, e sim olhei nos olhos dele e caminhei um pouco mais, até que o grupo ficou cara a cara comigo. Me perguntaram meu nome, e eu percebi que o mutismo que havia começado no acampamento chegara a um nível absoluto. Era como uma doença. Não era, sabia disso, efeito da pancada na cabeça. É que eu não queria falar, nem tentei. Ele perguntou pela segunda vez, encostou o cano em meu peito, e eu não demonstrava — e também não sentia — a menor preocupação. Fiz um esforço enorme para responder ao homem, e o que saiu dos meus lábios foi um nome: *Chico*. Inventei na hora, sei lá por quê, esse nome.

Então ele perguntou aonde eu estava indo, e eu achei a pergunta uma ofensa, porque a simples ideia de conversação me dava náuseas. E eu respondi novamente: *Chico*. Ele espumou e dessa vez, ainda com o cano do fuzil apontado, cutucou com força meu peito, arguindo se eu era espia dos demônios da República. Eu disse: *Chico*. Então eles riram, me tomando por sei lá o quê. A última pergunta do jagunço foi se eu estaria, como eles, indo para Belo Monte, o local sagrado, a nova Jerusalém; enfim, esses nomes que significavam um só lugar: Canudos. Eu assenti com a cabeça.

quinze

Não desgostei da companhia daqueles homens: eles pouco falavam. As mulheres, por outro lado, cantavam em uníssono, e isso durou todo o tempo enquanto caminhamos por um dia e meio na direção do Arraial.

Quando fui aceito no grupo, depois de murmurar seguidamente o nome que não era meu, *Chico*, me serviram farinha e água, mas isso teve efeito de atiçar a fome que sentia, porque, antes, era como se o corpo tivesse se esquecido do estômago. Aquele pouco de farinha teve por consequência aumentar a tormenta, em vez de aplacá-la.

No dia seguinte, no final da manhã, ganhei mais uma porção de farinha e água, e eu olhava na direção das mulas carregadas de mantimentos, entendendo que tudo ali era destinado ao Arraial.

O canto das mulheres, agudo, metálico, era entoado baixo, para não aumentar a exposição ao risco. Eu achava uma insanidade que os jagunços permitissem aquilo, porém pareciam seguros nos caminhos sinuosos por onde passávamos, longe de qualquer sinal de estrada ou atalho de terra batida. A música que as mulheres cantavam era sempre a mesma. Só depois de um tempo percebi, mas era, sem dúvida, a mesma canção. Dezenas, centenas de vezes a mesma canção, e a cada repetição parecia-me que o volume aumentava por dentro, a minha cabeça ainda doía do estilhaço, eu tinha certeza de que enlouqueceria, que revelaria quem eu era só para não ouvir mais aquela cantoria.

No final do dia, dava para escutar cada vez mais perto o sino da igreja badalando. Pressentíamos a proximidade e a tensão do Arraial.

Os jagunços nos levaram a um homem que cuidava da logística de Canudos. Aqueles que tinham alguma posse a entregaram a esse homem. Dinheiro era proibido, e o pouco que possuíam foi despejado, assim como algumas joias de valor duvidoso. Ninguém foi revistado, nem foram obrigados a entregar nada; traziam essa determinação desde que partiram de suas casas, atravessaram o estado inteiro, centenas de quilômetros, para aqui chegar. Somente o homem da logística tocava no dinheiro, que era depositado em um baú, que, conforme era aberto para receber os donativos, revelava que estava abarrotado de cédulas.

Esse homem alojou nosso grupo pelas casas. As mulheres foram para longe, nas fronteiras ao Norte, para onde Canudos fora se expandindo com a chegada dos novos moradores. Eu compartilhei uma tapera a uns cinquenta metros da igreja, onde, assim que me indicaram um canto, eu me deitei, em completa exaustão, e dormi um sono sem sonhos. Nem na imaginação eu atinava sobre o absurdo da minha situação. Mas eu só queria dormir; estava escuro, e isso foi bom, porque não queria ver a cara de ninguém, nem dos vizinhos com quem dividia o barraco.

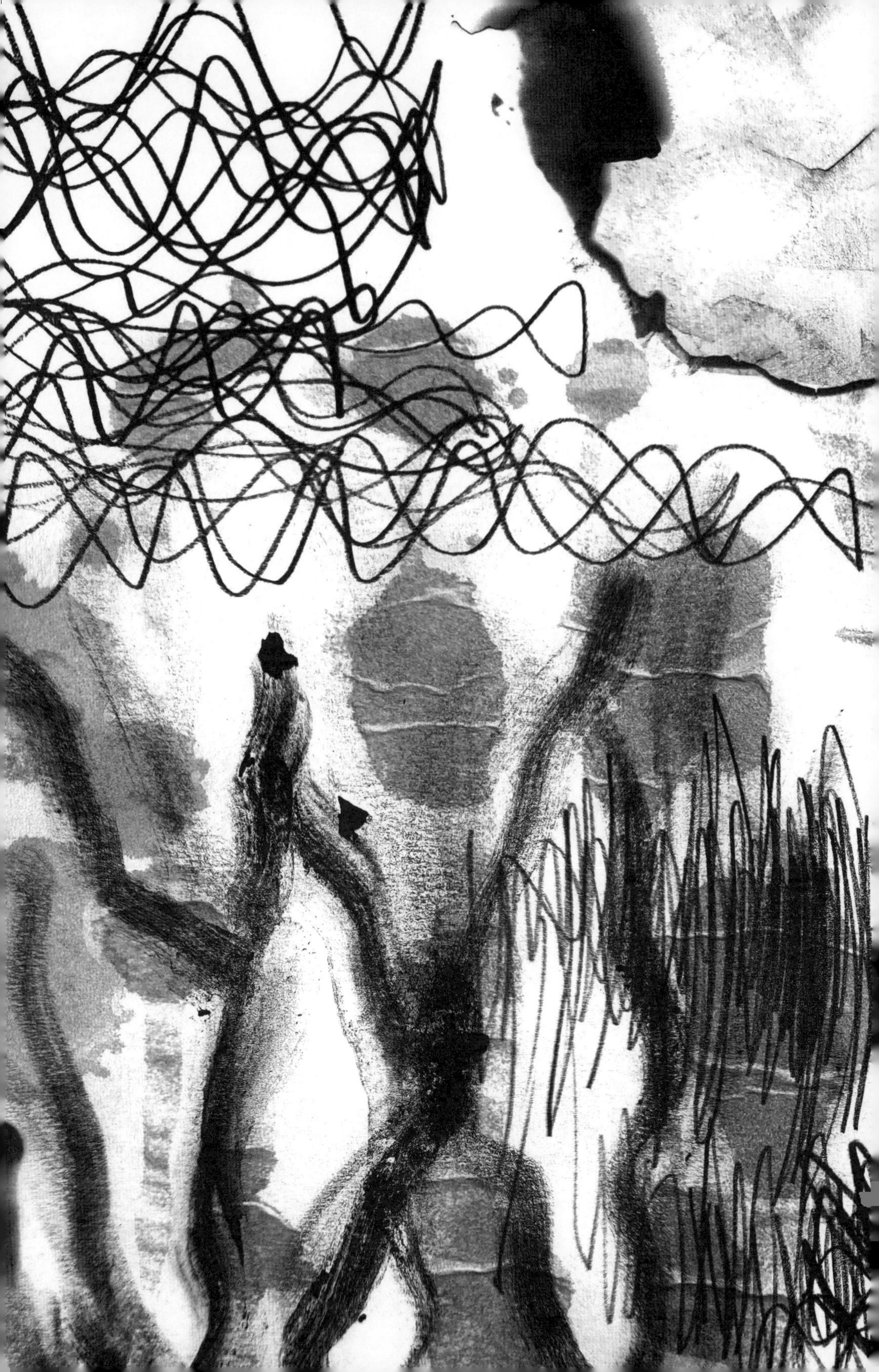

dezesseis

Ainda estava escuro quando senti que meu corpo balançava, como se estivesse em uma canoa estreita, oscilando no mar, a maré me jogando de um lado para outro. A ondulação me empurrava, mas eu batia na lateral e voltava para a posição original. Era assim que parecia. Molenga pelo cansaço, ia para um lado e voltava, ia e voltava, era uma sensação boa. Ouvi risos, e o balançar era o homem que me chutava de leve; na verdade, me empurrava com o pé, o homem que havia me apontado o fuzil quando eu me juntei ao grupo que veio dar em Canudos.

Ele falou "levanta, Chico", e trazia uma pequena tocha que aproximava do meu rosto. Eu atinava com quase nada naquele momento, mistura de sonho e sono, e, enquanto recobrava os sentidos, percebi que a sombra do homem projetada na parede da tapera era diferente do homem que a projetava. Agucei os olhos e foi pior a sensação, porque a sombra tinha substância própria e não repetia os movimentos do homem. Nas conversas dos soldados à beira das fogueiras, antes de virmos para cá, falavam de coisas desse lugar, lendas sobre assombrações, maldições e magias, e entre os moradores da região, que sempre se benziam depois que proferiam os nomes de Belo Monte ou o do Conselheiro, as histórias eram mais escabrosas. Eu, que há pouco tempo futucava o que julgava ser meu próprio cérebro, estava suscetível, e o espectro me encheu de pavor. Mais do que as balas. Mesmo não acreditando nessas crendices. Porém, afinal, eu me encontrava em outro mundo, tão distante do meu, de forma que tudo o que era estranho seria possível. E essas possibilidades me apavoravam, eu não disfarçava o espanto enquanto olhava na direção do espectro. O homem do fuzil, percebendo, olhou para trás na direção da sombra, como se a pressentisse, como se também soubesse que ela estava lá me encarando. Ele levantou a tocha, iluminou a tapera inteira, e, afinal, o que eu imaginava espectro era um homem, o vulto tornou-se nítido e me olhava compenetrado, o rosto descarnado, tronco e pernas firmes. Aquele jagunço era de uma imobilidade feita de tensão e desconfiança. Não movia um fio de cabelo, mas passava a sensação de estar em tamanho estado de alerta que, se provocado, poderia liquidar um homem no intervalo de um suspiro. Depois de me recobrar do susto, percebendo que eram dois os homens que vinham me buscar, tive certeza de que estavam lá para me interrogar ou executar, embora aquele que eu já conhecia da jornada pelo sertão estivesse bem-humorado. Mas o outro homem, com o olhar opaco, parecia representar um perigo.

Levaram-me na direção oposta ao acampamento dos soldados, onde outros homens se juntaram a nós. A maioria deles, ou muito velhos ou muito novos. Talvez por isso, talvez porque surgi no meio da caatinga e não falasse nada — era, afinal, um sujeito sem história nem origem —, os homens que chefiavam me acompanhassem de perto.

Chegamos a um local desabitado, protegido por rochas. Recebi um fuzil, um *Comblain*, que eu conhecia bem, uma mochila do exército sem uma das alças, um pouco de comida e um cantil, também do exército.

Havia uma linha de abastecimento, que supria tudo no Arraial, feita por mulheres e crianças, que parecia mais eficiente do que a do exército. Porém, uma eficiência em que mulheres, velhos e crianças passavam fome para que nós nos alimentássemos. Julguei reconhecer alguns dos meninos e meninas dentre aqueles que eu vira no acampamento quando era soldado. Ou ainda sou, mas isso não importa.

O lugar era um campo de treino para os recém-chegados. O homem que confundi com um fantasma repetiu as mesmas perguntas que haviam sido feitas pelo primeiro homem, dias antes, quando me juntei ao grupo na caatinga. Qual era o meu nome, de onde eu era, o que eu fazia, e eu nada respondia, nem mesmo Chico. Acho que, menos por medo do que por falta de vontade em arranjar mais um amigo para ficar falando: Chico, Chico.

O homem que eu conhecia riu. Naquele momento eu recebi o nome com que seria conhecido por aqui: Chico Mudinho, mas que quando eles falavam era Chico Mudim. O fantasma de olhar duro devia ser um dos comandantes, e naquele dia eu não imaginava que fosse João Abade, um dos alvos mais cobiçados por cinco mil soldados que se reuniam a poucos quilômetros dali.

Primeiro, nos passaram instruções sobre municiamento e operação das diferentes armas que foram distribuídas. Devíamos ser cerca de dez novatos. Eu tentei disfarçar, me passar por ignorante, e fingi me atrapalhar no manejo do fuzil *Comblain*. Depois, nos mandaram deitar e mirar em alvos que ficavam a setenta ou oitenta metros. O exercício era sem munição, para aprendermos a mirar adequadamente e premer o gatilho da forma correta, com a suavidade de um sussurro.

Eu deixava a mão tensa, apertava forte o gatilho, tudo errado, o que valeu uma repreensão, mas a maneira como eles me corrigiram, apontando os erros que eu fazia, era pouco convincente, porque não havia determinação, mas desconfiança no tom de voz com que me ensinavam. Me parecia uma dupla simulação: eu fingia ser ignorante, e eles fingiam que acreditavam em minha farsa. Pareciam ter certeza de que eu era soldado.

Entregaram-nos munição para iniciar o exercício com tiros de verdade. Enquanto eu procurava inserir os projéteis desajeitadamente, o Arraial começou a explodir. O sol havia surgido, e dessa forma os soldados podiam enxergar onde os canhões despejavam seu fogo. Nessa hora, a artilharia começava o bombardeio diário e sistemático sobre o local. Foi por isso que eles foram me acordar tão cedo.

Enquanto eu mirava no alvo, João Abade observava. Embora estivesse atrás de mim, eu sabia que ele estava atento aos detalhes mais sutis da minha postura, procurando um só gesto que denotasse minha experiência, e para o qual ele responderia atirando em minha nuca.

Eu sabia disso, sabia que estava sendo julgado, e me concentrava nos gestos e no alvo, que estava contra o sol.

Nesses instantes tão curtos e onde tanta coisa poderia acontecer, eu era contraditório. Somente em minha fé de me vingar da guerra, esquecendo-a, é que consigo explicar o empenho que apliquei para que Abade não desconfiasse de minhas habilidades. Isso envolvia um esforço adicional, que era o de perscrutar a lógica de meu juiz. Somente pelos gestos eu tinha que convencer os inimigos que eu não era um inimigo, fingindo ser amigo dos inimigos. Conforme eu me atrapalhava, sentia que no fundo representava um papel bufo e, cedo ou tarde, seria desmascarado e levaria um tiro na nuca. Nessa hora, me vinha a vontade de deixar de representar e abreviar o inevitável fim. Foi quando tive ímpetos de acertar na mosca, a oitenta metros, três ou quatro disparos na sequência; eu era capaz disso, e seria minha vingança pessoal, como se dissesse: "Olhem, cabras, do que sou capaz, eu sou melhor do que vocês, cachorros". No entanto, enquanto eu pensava assim fazia tudo errado: inseria lentamente a munição enquanto o chão tremia sob as bombas que atingiam, um pouco distante, o Arraial, onde as estruturas geológicas nos comunicavam os ferimentos que a terra sofria adiante, e uma multidão desabrigada nada podia fazer em relação aos projéteis que caíam ao gosto da sorte.

Achar o meio-termo quando se finge ignorância é muito difícil. Eu sabia o tranco que dava a *Comblain*. Afrouxando o ombro, eu receberia uma pancada de retranca que poderia me quebrar a clavícula. Sabendo disso, manter-me relaxado na hora do disparo exigiria uma determinação que não é humana. A setenta ou oitenta metros, eu sabia que deveria mirar levemente para baixo, o que compensaria a explosão do projétil, mas, com os ombros relaxados, o tiro poderia dar em qualquer lugar. Não deixei o dedo relaxado; o indicador estava teso, quase a doer em cãibra.

Mas isso seria suficiente para convencer o jagunço que me avaliava? Eu estava fazendo o contrário do que ele havia recomendado no treinamento, e fazer errado era o que se esperaria de um homem sem experiência? Refleti até onde eu conseguiria convencê-los, e o pior é que minha juventude destoava dos demais recrutas, porque esses eram ou quase crianças ou velhos decrépitos. Tudo ia contra, mas então procurei enxergar a mim mesmo, e lembrei que eu estava tão sujo, desgrenhado, fedido e desgraçado como todos no Arraial.

É muito ruim a impressão de que podemos, sem aviso, de um momento para outro, levar um tiro na nuca. O pior tiro é o tiro na iminência da execução, sobre a qual o verdugo não se decidiu ainda. É assustador e angustiante como poucas coisas são.

De um relance, percebi que todo o meu teatrinho poderia ser uma representação inútil. Refleti que um detalhe, que nada tinha a ver com a forma como eu manejava o fuzil, poderia me trair. Tratava-se do meu cabelo, e João Abade estava posicionado bem atrás de mim. É que, se ele reparasse bem na direção do meu cabelo empapado e duro, e resolvesse remover a camada de pó, perceberia ser de sangue a gosma na minha cabeça. O sangue do pedaço de crânio e miolos que me atingiram na batalha. Seria simples ele acabar com a farsa e terminar comigo imediatamente, sem margem para dúvida, porque eu não poderia explicar a origem daquele sangue.

A genialidade, contudo, parece ser seletiva para aquilo que cada um faz de melhor, e aquele homem temido, um guerreador extraordinário, concentrava todo o seu poder de avaliação na maneira como eu ia disparar o fuzil. Não reparou no meu cabelo.

Quando senti o tranco e vi que o tiro acertou longe do alvo, me contorci de dor e olhei para trás na direção de Abade. Ele baixou a guarda de seus olhos, e tive certeza de que meu ritual estava concluído. De fato, com palavras rudes, ditas, porém, com doçura, disse que eu era um besta que não havia entendido nada. Deitou-se ao meu lado, conduziu o braço sobre mim e mostrou como deveria me portar. O segundo tiro passou mais próximo, e dessa vez fiz direito conforme ele me ensinava; o ombro não sofreu, mas ainda latejava do primeiro disparo. Os outros recrutas, crianças e velhos, estavam acertando mais do que eu, e senti vergonha.

Abade me entregou mais alguns projéteis, e eu já atirava um pouco melhor. O treinamento encerrou, recolheram nossas armas e nos orientaram a matar alguns soldados, porque essa era a única maneira de termos nossos fuzis. Aqueles que usávamos já tinham donos, e estavam emprestados para o treinamento. Iríamos para a batalha com ferros, foices, ferrões ou porretes recheados na ponta. Quanto a essas toscas armas, ainda havia bastante e nos foram cedidas. Por fim, dividiram-nos de acordo com as posições que ocuparíamos, e fui designado para a Guarda Católica, a Guarda Santa. Falaram apenas isso quando me mostraram meu posto. Eu não imaginava que faria parte da elite dos jagunços, os últimos defensores, os que deveriam proteger a igreja e o Conselheiro até o último suspiro, nosso ou dos inimigos.

Nos dias seguintes, vi outros grupos que seguiam para o treinamento; homens e crianças cada vez mais arruinados. E eu, quando recebi a farda da Guarda, era tanto o sofrimento que acumulara desde que fugi do campo de batalha que cheguei a sentir um misto de vaidade e conforto. Vaidade porque fui engajado para algo importante naquele mundo, apesar do insólito da história que vivia. Conforto, porque as vestes toscas que diferenciavam os homens da Guarda Santa significavam prioridade na distribuição de alimento.

Uma vez mais, fui assomado pelo sentimento de pequenez e sensação de ridículo, quando percebi que todos os homens disponíveis, assim como os poucos que ainda conseguiam ingressar no Arraial, passaram a ser engajados para a guerra. Todas as outras tarefas foram assumidas pelas mulheres. Eu era apenas mais um, nada especial, nada brilhante, cuja função, ao final, seria saciar a máquina de destruição que se organizava contra Canudos.

Quando estava escurecendo, eu presenciei a missa noturna, que era assim denominada pelos habitantes e soldados do Arraial, embora os dirigentes não a chamassem de missa. Era a hora em que o Conselheiro pregava ou ficava observando as pessoas cantarem. Eu estava profundamente cansado e não via a hora de aquilo terminar para voltar para minha tapera e dormir.

Por alguns instantes, meia hora no máximo, algumas velas ou candeias eram acesas no momento em que as pessoas retornavam para suas taperas. Era só o tempo para que os que tivessem algo para comer, comessem e os que tivessem algo a dizer sobre o dia, dissessem. Depois tudo se apagava. Pouco antes de ficarmos no escuro, percebi uma ferida nos pés que me incomodara durante o dia, mas na qual não havia prestado atenção, tantas eram as coisas que aconteciam no meu batismo de ingresso em Canudos.

Na noite anterior, a primeira que passei em Canudos, dormi no chão, e os ratos roeram meu calcanhar. Calcanhar de pele fina, que foi perfurado como manteiga mole. O sangue estava seco, e, enquanto massageava a ferida, um homem que dormia na dependência ao lado — acho que o local onde eu dormia correspondia à sala e à cozinha — trouxe uma caixa de madeira e a colocou próximo aos meus pés. Dormindo com as pernas elevadas, os ratos não roeriam. Quanto aos pés dos demais — havia um menino e mais três homens que compartilhavam o local —, eram feitos de uma crosta que parecia dura como o couro de uma bota, solas calejadas feitas para que os ratos afiassem os dentes sem maior estrago.

Eu não era nada naquele lugar. Não sei como me aceitaram. Sei, sim: aqui se aceita de tudo. Eu, que tenho pele e mãos finas, eu, que não me encaixo nem na alma nem nos modos, nem no jeito de ser desse povo, e que me justifico não falando.

Dormir com as pernas elevadas funcionou, porque os ratos não roeram mais meus pés, e, por razões que desconheço, o resto do corpo, coberto pelas roupas, eles não atacavam. As mãos, eu passei a enfiá-las sob as calças durante o sono, e procurei arrumar uma maneira de proteger as folhas e o lápis que uso para escrever. Consegui uma caixa abandonada entre os donativos que os fiéis deixaram e uma prancha sobre a qual passei a escrever. Dormir ficou um pouco mais confortável depois que o homem da logística me deu um cobertor e uma esteira. Sob ela, eu escondo a caixa e tudo isso.

dezessete

Caminho pelo Arraial, cumpro algumas tarefas, cavo trincheiras ou túneis e aguardo instruções. Depois ocupo uma jornada na segurança da igreja e do santuário onde vive o Conselheiro. Tenho um facão. Escrevo quando apetece, em intervalos que não sei precisar, mas nada novo acontece, e a novidade seria eu passar um dia sem ter que ver gente destroçada pelos canhões ou tombada nos confrontos das tropas, e todo dia isso acontece. Os soldados parecem se posicionar em todo o perímetro, vejo-os a olho nu na direção da igreja antiga. Mas eles não avançam; nós não permitimos.

Ao redor da igreja nova, em um ponto cego onde os tiros não alcançam — mas as balas de canhões, sim —, ando no meio de uma multidão e quase tropeço sobre os que se arrastam, sobre os doentes e feridos que não conseguem andar, sobre os que nunca andaram e aqui vieram atrás de um milagre; toda gente passando fome. Uma multidão que trocou o viver na miséria pelo morrer na miséria. As taperas próximas da igreja nova, que recebem as balas errantes dos canhões, estão destroçadas e agora servem de barricadas, onde as balas dos soldados não nos atingem, porém de dentro delas conseguimos atirar certeiros.

Interrompo uma atividade porque vejo o quadro do sonho. Faz dias que sonhei, mas ainda o vejo em detalhes. Tudo à minha frente desaparece, e tento entender ou lembrar onde teria visto aquele quadro, e quem seriam aquelas mulheres cujo rosto sou capaz de descrever com precisão. Alguém me cutuca, comenta: "Mudim, o que há? Acorda,

Chico, o que te deu?". E eu retomo o que estava fazendo, quase sem espaço para cavar, acotovelado entre molambos, mulheres resignadas, crianças com cara de fim, todos cheirando mal, inclusive eu.

Pela terceira noite seguida, tenho o sonho. É a quarta vez que vejo o quadro. Desde a primeira vez, passaram-se alguns dias, mas parece que agora vou sonhar todas as noites a mesma coisa. É madrugada. Como das outras vezes, não consigo mais dormir e escrevo após acordar do sonho. Tento entender. Três mulheres em uma cena de piedade. Na cena real da piedade, quem eram as três? Lembro de Maria, a Mãe, e da Madalena, também Maria. Tenho quase certeza de que a avó também estava. Qual era o nome dela? Minha mãe era religiosa, ia à igreja, e eu apenas cumpri a obrigação do batismo e da crisma, não tinha interesse. Meu pai, funcionário público e republicano fervoroso, ia muito bem na carreira nesses novos tempos. Ignorava a igreja e hostilizava o poder excessivo da mistificação religiosa; Canudos era a prova disso.

Eu nunca soube, e sinto necessidade de descobrir — ainda que nada tivesse a ver com o quadro —, o nome da avó. Seriam três as Marias? Assim eu as chamarei se as encontrar vagando pelo Arraial, três Marias, porque de uma coisa eu tinha certeza: não foi do Renascimento que surgiram aquelas mulheres cujas imagens grudavam em minha retina, mas do entremundos em que eu vivia.

Somos todos obrigados a comparecer às missas da hora da ave-maria. Sofrem castigos ou são expulsos os que faltam a essa obrigação. Me cabe ficar no cordão de isolamento e proteção do Beato, para quem eu mal olho e em cujas prédicas eu jamais prestei atenção. Agora eu ouço cada palavra, não que me importe pelos fanatismos que profere, nem porque tenha interesse pelo Conselheiro, mas somente por mim. Por minha dúvida sobre a lacuna que poderia preencher o quadro. Faço isso, talvez, apenas para me distrair, porque não há mais nada que não tenha visto, nada que me interesse, e dar um nome aos personagens é um passatempo. Se forem três as Marias da cena famosa, poderei concluir alguma coisa. Mesmo assim, se não existir a terceira Maria, tudo bem, pois justamente essa é aquela que me quer dizer algum segredo, através de seu olhar de pedra e ódio.

Não vejo sentido na história da minha vida em sonhar um conteúdo religioso, sei que não é esse o significado. O quadro quer me mostrar algo diferente que não consigo entender. Contudo, da forma como ele se fixa em minha cabeça, busco conhecer os nomes certos, porque espero que aconteça como em um exorcismo no qual, quando se descobre e se fala o nome da entidade que o está atormentando, o encanto acaba. Quero que o sonho me abandone, então escuto angustiado e espero que, no meio de tanto desatino verbal, o Conselheiro mencione o nome das mulheres que acompanhavam Jesus.

dezoito

Cavo uma trincheira. João Abade chega, me tira de lá e chama para uma missão. Eu assinto. Vamos para uma emboscada a um comboio do exército, onde um grupo havia se distanciado perigosamente do resto da tropa, e que é perfeito para nosso ataque. João Abade está desfalcado de homens, e diz que é hora de provar minha valentia. Eu assinto mais uma vez.

Ando rapidamente, quero perguntar o nome da avó de Jesus, ele deve saber, mas eu não falo. Chico Mudim, não falo. Pego uma arma, não é minha, ele diz para só usar no ataque e depois devolver. Só posso ter um fuzil se o merecer. João me posiciona em uma elevação entre arbustos cujos nomes desconheço; ele calcula de longe que esse é o lugar que me cabe. Somos invisíveis. Espero horas, talvez — não sei calcular o tempo pela posição do sol, mas parece demasiado tempo. Faço parte do sol e do chão; misturamo-nos. Nunca, por minha conta, conseguiria ficar invisível dessa forma. Não vejo ninguém ao lado, nem ao fundo, em lugar algum, penso que me abandonaram, achando que sou surdo e não os ouviria, mas estão enganados. Sou capaz de ouvir, mas como falar isso para eles se sou mudo? Acima de tudo, quero ser mudo.

A última ordem do chefe foi para atirar somente após o sinal do comando, um apito. Lembro disso e reflito: devem achar que eu ouço normalmente, o que me leva a concluir que não me abandonaram; ainda devem estar por aí. As emboscadas devem ser assim mesmo, longas, silenciosas, pacientes e quentes.

A quinze metros, um soldado da minha idade — é provável — é o alvo que se oferece a mim. Caminha devagar. A roda de madeira do carro do comboio, puxado por bois, perdeu um dos anéis de ferro que lhe dão suporte, e o carro arrasta-se pelo deserto.

Do lado dos soldados, quando eu estava lá, era raro atirar com objetivo preciso. Mirávamos nas trincheiras e em vultos furtivos. Não sei se até aqui havia matado alguém e, se o havia, fora uma morte anônima, indiferente, passiva.

Não é assim no enfrentamento corpo a corpo, não é assim na emboscada. Vejo os olhos do soldado que deve ter a minha idade. Ouço sua respiração ofegante; ele sofre o calor do sol intenso, está perto assim. Eu sou invisível e aguardo o apito, a ordem. Quero errar o tiro, mas o soldado vai retrucar, me matar e sair em disparada. Quero ferir, acertar-lhe o ombro ou a perna, mas os jagunços terminariam o serviço com facas, sob olhos desesperados do soldado, ou ele iria se arrastar em dor até que a sede ou a falta de sangue cumpram o que eu não quis fazer.

João é paciente, está em algum lugar, vendo tudo, e espera. Nós somos obedientes, e aguardo. Aguardo e penso de novo se devo errar o tiro de propósito ou acertar apenas para ferir. João apita de um lugar que só pode ser o centro da Terra. Atiro bem, ele nem sente que foi atingido, e agora tenho minha *Comblain*. A fuzilaria foi grande. João Abade comemora aleluias.

Capturamos somente munição e armas. A comida, os jagunços destroem. As reses, soltam pela mata. São as ordens sagradas do Conselheiro: não podemos tocar na comida dos demônios. Só podemos tomar aquilo que mata o inimigo. De novo, sinto girar na cabeça o absurdo desse lugar, onde, divididos por uma barreira inconciliável, de um lado, se traficava comida entre famintos e, de outro, jogava-se fora alimento que saciaria uma cidade famélica.

Reunimos o butim bélico e retornamos. Volto para a Guarda Palaciana. Sou capaz de jurar que escrevi Palaciana, embora não possa mais ler o que acabei de escrever, no breu. Se o fiz, quero dizer Guarda Católica, mas tanto se me faz. Escondo o lápis e as páginas. Espero não sonhar. Hoje, não.

dezenove

*D*ormi mais do que deveria, ou o sol se adiantou, não sei. Ou são as explosões dos bombardeios que clareiam a noite, mas à noite eles nunca bombardeiam. Percebo que dormi um pouco mais, mas não é só isso. Hoje, de fato, eles começaram a bombardear mais cedo.

São duas explosões, ecos ao contrário. Primeiro, o som que atinge o Arraial, que explode ao nosso lado, depois é que se ouve o som que se originou na boca do canhão, longe, abafado, lá no acampamento. Explosões gêmeas em que a conclusão chega antes da origem. Ou morre antes de começar. Têm pressa, os morteiros; chegam antes de nascer. O teto do meu casebre se abre para o céu. É manhã, portanto dormi demais. Os tetos são leves, de palha, sustentados por vigas e ripas frágeis. Parte dele atinge meu ombro e não machuca. O tiro de canhão que arrancou metade da cobertura da minha tapera foi explodir casas adiante.

Em alguns dias, cavo, noutros, fico de guarda, mas não escapo do revezamento consciencioso do homem da logística, que nos escala a intervalos para recolhimento dos restos, que levamos ao cemitério. É o que faço. A terra aqui é fecunda para essas coisas; depois dos bombardeios, brotam pedaços de gente. Se há homens santos por aqui, por que eles não cospem nas mãos, misturam à terra e com barro recolam esses restos que a memória transformará em nada? Eu poderia tentar, mas percebo que as peças não se encaixam, de forma que monstros piores do que os originais restariam, com pernas de diferentes tamanhos, rostos que não se reconhecem, mãos que não se entendem, para perplexidade dos ressuscitados. Seria inútil, ainda que os santos pudessem fazê-lo. Em uma cova, deposito pedaços misturados de gente morta.

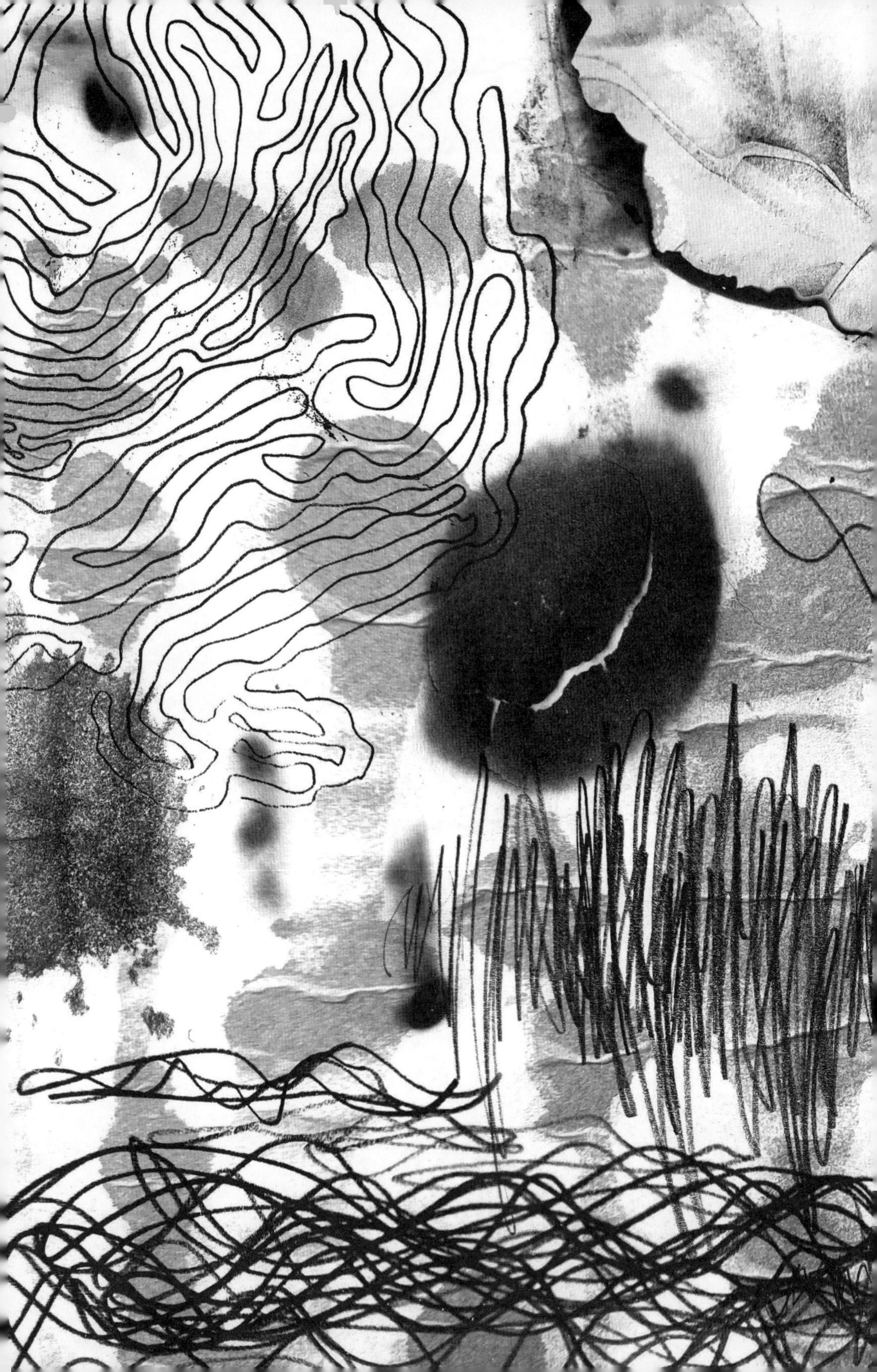

Vinte

*E*xiste uma guarda dentro da Guarda, que vigia e controla os assuntos internos. João Abade chefia as duas Guardas incondicionalmente, mas o homem da logística é quem determina algumas tarefas e identifica as tramas internas, pois ele conhece mais que Abade acerca da vida no Arraial. Eu sabia de sua existência, tinha ouvido falar, mas nunca vira essa guarda interna operando; ela é muito discreta.

Eu me preparava para dormir e vi um grupo com lamparinas acesas passando na frente da tapera. Isso era algo raro porque à noite tudo deveria estar escuro, para nossa proteção. Fui atrás deles; eram três homens dessa guarda especial — a guarda dentro da Guarda —, acompanhados pelo homem da logística, que cruzavam rápido as vielas. Quando me perceberam, não me evitaram, deixaram que me aproximasse e os acompanhasse. Acho que os outros consideram inofensivos os mudos, os incapacitados e os dementes, e eu devo parecer a eles um dessa espécie.

Quando chegamos a um barraco, ficamos parados alguns minutos. De dentro, sem que nada fosse dito, cinco moradores saíram, em silêncio, e postaram-se atrás de nós. Quando entramos, vi um homem que dormia como quem dorme sem desconfiança. Havia cavucado na parede um pequeno nicho onde depositava seus óculos, trincados em uma das lentes; uma rachadura diagonal, que deveria fazer o homem enxergar dobrado. Refleti sobre a inadequação de um homem de óculos nesse lugar; senti pena dele. Levei um susto quando ouvi um som seco que veio de uma coronhada ou uma bordoada, que deram na cabeça do homem. Não deu tempo de ver, foi rápido, decidido e tão sem vacilo que fiquei atônito. Enrolaram o homem desmaiado em uma manta e o levaram para fora, de onde, como quem tivesse saído apenas para uma rápida mijada na noite, os moradores voltaram um a um para dentro de casa, como se nada estivesse acontecendo. Pensei na tristeza dos óculos sem o dono. Era estranho, mas de alguma forma eu sentia pena dos óculos, que não mais encontrariam repouso no nariz a que estavam acostumados, nem seriam mais guia dos tropeços e luz dos olhos de seu dono.

Eu me aproximo do homem da logística e o cutuco, indagando. Ele pousa o braço em meus ombros, aperta suavemente onde sua mão pousara e diz que aquele homem é um informante dos soldados do demônio. Murmura ainda qualquer coisa, mas interrompe a frase mal ruminada, algo sobre cachaça — lembro que revistaram onde ele dormia e nada encontraram —, e sei que beber é um crime capital no Arraial.

Andamos meio quilômetro além do cemitério novo, em uma baixada que a vista dos soldados não alcança. Há uma cova aberta. O homem, ainda desacordado, é colocado dentro do buraco, enrolado em seu manto. As últimas ordens proíbem o uso de munição nos assuntos internos. Eu já havia presenciado execuções à bala, execuções corretas, mas agora as novas ordens são para usar fogo de bala somente nos inimigos, com poucos tiros e a máxima precisão que pudermos.

Estou há muito tempo aqui, observo o que se passa ao redor e sei que a execução da justiça, nessas condições, deve ter se deparado com debates morais travados pelas lideranças. Desconfio que o Arraial só sobreviveu até aqui porque os lugares-tenentes do Conselheiro organizavam Canudos de forma obsessiva, se ocupavam das minúcias em relação às questões de logística e justiça e porque o Beato as desconhecia, pois não queria se ocupar disso e delegava e confiava nesses homens.

O que acontece agora foi combinado, foi estabelecido como padrão. Nada é à toa; tudo é feito com cálculo e organização. Provavelmente por isso não passam o delator à faca; afinal, a degola é o hábito de execução dos selvagens. Não poderíamos nos rebaixar e seguir o exemplo da República. Morte por faca, só no campo de batalha. Por isso, penso, embora seja a primeira vez que testemunhe, que o que acontece nesta noite não é um improviso.

Acocoro-me e observo os guardas despejando uma quantidade comedida de líquido dentro da cova, então ateiam fogo. As chamas sobem alto, pelo menos um metro acima do buraco, e poucos segundos passam até que o homem incendiado acorde da coronhada gritando. As chamas acompanham os espasmos do condenado, que se debate sem conseguir se livrar dos trapos embebidos. Os braços e as pernas se contorcem e dão formas ao fogo como se fosse um espetáculo. Calculo que se debate por cinco minutos, enquanto o que era grito foi se transformando em gemidos e finalmente em roncos espaçados e por fim silêncio. Os homens retornam para o Arraial e eu fico sozinho diante da fogueira que arde.

vinte e um

Nos últimos dias, os soldados começaram a aumentar a carga. Sei que daqui para diante o inferno vai bafejar cada vez mais próximo, e aquilo que julgamos ser o pior que já nos aconteceu será renovado, e a cada dia piorado.

Os ataques são intensos. Não há dia sem fogos que nos desabem, nem abrandamento na fúria generalizada, que aumenta a cada batalha. O inimigo, até hoje, não conseguiu avançar suas posições, e suas investidas e retiradas só fizeram aumentar os cadáveres, o cheiro de carniça e os urubus.

Hoje eles vieram com mais carga, alcançaram a igreja velha e começaram a investir contra as primeiras taperas, uma a uma, que é o único jeito de tomar Canudos. Assim que entram, atiram em tudo que se move, mas a Guarda Católica está recuada, e os soldados encontram apenas mulheres e crianças, e as matam sem distinção. Assim que abandonam uma tapera, tocam fogo nela.

Recebo ordem para me posicionar em uma trincheira no meio do caminho entre a igreja nova e a velha, que está dominada pelo exército. O inferno está a menos de cem metros; ele tenta, o inferno, avançar cauteloso e desconfiado, enquanto nos mantemos quietos e silenciosos. Só devemos atirar quando chegar a ordem, como no dia em que acertei sem dor o soldado que me legou o fuzil.

A ordem chega, e devolvemos o gosto de chumbo aos inimigos. De lugares onde nem eu, que estou do lado de cá, pude desconfiar, vejo surgir, no meio do chão e em todos os cantos, jagunços que atiram sobre os soldados, derrubam tantos que não podemos contar. São disparos simultâneos que parecem um só, troares assustadores em uníssono, como se todos combinássemos disparar em compasso. Não conseguimos escutar nada, nem o colega ao lado nem o comando; resta atirar sem parar.

Eu faço como se deve. Sou o melhor atirador da turma na escola militar e faço como se deve. Acaricio o gatilho, solto a respiração lentamente, e, imperceptível, meu fuzil sussurra para aqueles que avançam em nossa direção. Não erro um tiro. Se errasse, seria mais normal do que não errar, porém não erro. É um fenômeno, um milagre até para mim, que sou bom atirador. João Abade, meu comandante, observa de onde está e percebe o que faço. Ele é calejado demais para imputar o que faço à inspiração divina, sabe que eu sei fazer minhas balas pousarem onde bem desejo. Certamente deverá pensar que foi no exército ou em alguma força policial que me forjei. Não, com certeza ele concluirá que foi no exército.

Quando eu estava com os soldados, logo no início, atirávamos de longe, a partir das posições seguras nos limites do acampamento, e o inimigo era apenas uma sombra. Agora não: a proximidade de 100, 50, 30, 5 metros revela quem somos e quem eles são. Inspiro duas vezes enquanto municio a *Comblain* e, quando expiro a segunda vez, vejo cair os soldados, um após o outro. Imagino suas idades, apenas imagino porque, de origens tão diversas e vindos do país inteiro — inclusive gente dessas bandas onde estou agora —, a idade é difícil de precisar, mas devo estar próximo em meus cálculos. Derrubo um de 20 anos; outro de 40, não, 45 anos; 20 a 23 anos; 17; 30 ou 33; 25, com certeza, não sei por quê, mas 25 aquele; 31 ou 32. Estou tão calmo que faço as somas e calculo que verti entre 500 e 560 anos de vida, que irrigam as margens do riacho seco. Há uma paz ao saber que, assim como derrubo, poderei ser derrubado, que nada importa, que é indiferente, e eu acaricio o gatilho como se estivesse só, atirando a esmo.

Penso nos soldados da artilharia, onde a guerra não os atinge mas a fome sim, bem como a diarreia, a sede e as privações. No momento em que municiam os canhões e ajustam ângulos para mais ou para menos, disputando a pontaria nas torres da igreja nova, eles ignoram aqueles que atingem, seus rostos e suas idades. O cheiro de sangue não chega até eles, e não podem calcular os anos que abatem. Se algum dia o combate for somente assim, distante dos soldados, mortes que omitem os rostos e a dor dos atingidos, os novos mestres da guerra poderão matar uma multidão sem nada sentir, e nesse caso não haverá mais consciência entre os homens, e jamais as mortes serão apaziguadas.

Os tiros saem fáceis, e estou calmo a ponto de poder, nos intervalos da respiração, fazer a conta inversa. Até aqui, 560 anos derrubei ao chão, na estimativa superior. Mas, se a conta fosse da vida a ser vivida, o resultado seria diferente. Então, recalculo considerando como 60 anos a duração de uma vida. Assim, 60 menos 20; 60 menos 45, calculo todos eles, matei 22, e o resultado é em torno de 700 anos. Exterminei esse tempo porvir e nem me dei conta disso. Esqueci, e aumento alguns anos porque lembro daquele que matei na emboscada do comboio. Acrescento-o agora.

Da mesma forma que talvez não me importasse se estivesse no lugar ao qual primeiramente pertenci, no lado de lá, o do inimigo, eu faço o que devo fazer. Só que lá, com certeza, o resultado seria muito maior.

Quando o Arraial cair e os cutelos das degolas exterminarem seus últimos homens e mulheres, 825 séculos de vida a ser vivida terão sido exterminados. Oitocentos e vinte e cinco mil anos, essa é a conta, porque aqui a média de idade é menor do que a do exército; as crianças engrossam o resultado. Comparo esses números com o que aprendi sobre as grandes batalhas. Penso em Austerlitz; sobre a admiração que tinha por essas histórias. Foi na Europa, onde o que existia de mais moderno e estupendo na arte de matança derrubou 36 mil homens. Por aqui — ouvi do homem da logística, que conhece tudo do Arraial —, mais de 30 mil pessoas viviam no auge, antes do começo do quarto fogo. Talvez ele também saiba, como eu, que nada restará.

Eu sou conservador. Nessas contas, tenho que ser conservador. O inaudito é assim. Por isso reduzi para 25 mil as almas desse lugar. Foi com 25 mil mortes que cheguei ao resultado de 825 mil anos que deixarão de ser vividos por esses infelizes, que trocaram a posição que a miséria ocupava em suas vidas.

Vejo as tropas do exército recuando e se reorganizando. Entendo o que eles estão fazendo como se eu estivesse do lado deles, ordenando a movimentação. Para mim, é claro que uma nova linha está sendo traçada. A partir dela se fortificarão e erguerão novas trincheiras. A nossa destruição ganha agora um novo contorno, uma fronteira a partir da qual o inimigo não arredará o pé. Será impossível obrigá-los a um novo recuo. Acabaram de tomar uma parte do Arraial, que será deles para sempre.

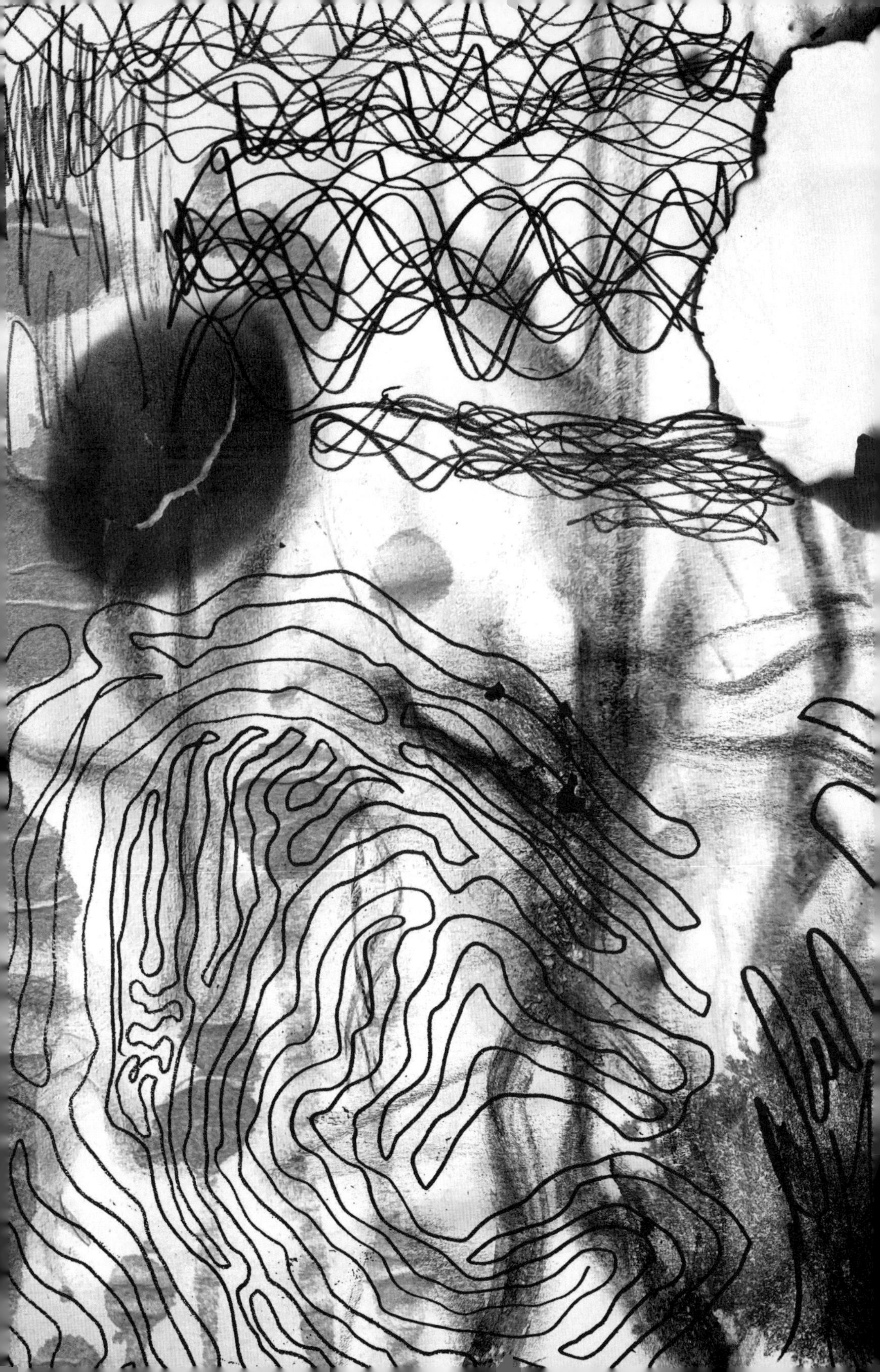

Vinte e dois

Uma senhora me chamou de "filho" — elas nos chamam assim, aos da Guarda, *filhos* — e me deu algumas raízes, dizendo que deveria mascá-las para enganar a fome.

Entre homens tão necessariamente brutos, esse tratamento carinhoso, em vez de os enfraquecer por causa da piedade dessas senhoras que sofrem e mesmo assim acalentam, fortalece neles a vontade da luta, que nessa altura da guerra já não é luta por vitória nem sobrevivência, mas vingança perpetrada através de cada soldado morto. Individualizou-se a guerra, e cada dia sobrevivido é um a mais para derrubar dois ou três inimigos.

A senhora que me tratou por filho pertence ao grupo de mulheres e crianças da linha de abastecimento e naquele dia, em que não havia nada para comer, trouxe um pouco de água e essas raízes, para as quais recomendou cautela, que eu as mascasse em pequenas porções durante o dia. Minha fome, aterradora, decidiu por mim e mastiguei quase toda a porção, o que realmente aliviava a fome, provocando um sentimento bom de tepidez no estômago e formigamento na boca.

vinte e três

*E*stou no Rio de Janeiro, estou livre dos miasmas, das recordações e das imagens do horror. Livre! Amo o lugar ao qual sempre pertenci.

Sinto o cheiro do mar, que a brisa consegue trazer depois de contornar ruas e prédios. Só eu a sinto; tenho o olfato assim. Em outras ruas, onde frituras são preparadas nas calçadas, empórios destilam o cheiro de fumo de rolo e embutidos sobre o balcão e a urina humana contamina as esquinas, eu não seria capaz de sentir essa paz, feita de sal e bosta fresca dos cavalos que passam por aqui. O cheiro de estrume puro, desde que não contaminado pelos demais odores da cidade, não me desagrada. É fresco e verde. Uma mosca ou abelha me persegue, zune irritante. Não fosse isso, seria a manhã perfeita. Mas o inseto é insistente, o que me faz levantar o braço e agitar as mãos junto à cabeça, procurando espantá-lo. Sem pressa, começo a atravessar a rua quando uma mão pousa em meu ombro. Reconheço um amigo querido, de quem não consigo lembrar o nome, e lhe sorrio francamente, mas ele me olha sério. Meu sorriso se abre mais ainda, mas o amigo não responde, sua mão fica pesada e agora ele me aperta forte, me joga ao chão. Não entendo que tipo de brincadeira é essa e continuo rindo.

Ao meu lado, um jagunço me olha espantado e faz um sinal de cruz. Nunca vi um jagunço espantado, acho engraçado, e meu riso franco se transforma em gargalhada. Ele comenta coisas com o colega ao lado e não tira os olhos de meu fuzil. Do lado de lá da trincheira, os projéteis chovem em nossa direção. Subitamente paro de rir, olho para o lado e vejo os cadáveres de dias que amontoamos no canto para que tivéssemos espaço na trincheira, e que apodrecem em fetidez que é impossível suportar.

Fico tonto, fecho os olhos, tudo gira, não consigo mais voltar para minha cidade, imagino o sítio em que passei tanto tempo na infância, mas o cheiro não é mais o de lá. Faço um esforço para voltar, como se, me concentrando, me transportasse, mas sou cutucado pelo jagunço que deve pensar que fui atingido ou que morri. Apalpo meu corpo e acho que estou sem ferimentos. Ele faz um gesto para que eu ocupe minha posição, mas sinto pânico como nunca senti na vida até esse dia, e muito menos por aqui. Fico alerta, olhos arregalados, mas me posiciono na direção contrária ao inimigo e empunho o fuzil. Recebo um murro que me faz voltar à posição devida.

Embora eu esteja, agora, amoitado contra os soldados, na direção certa, eu disparo a esmo, não devo acertar ninguém, porque garras aterrorizantes vêm na direção de minhas costas, de onde não há perigo, sei, mas de onde eu não consigo deixar de sentir medo. Como se algo inominado de todos os terrores se aproximasse por trás.

Alguém comenta sobre as raízes, mas não entendo nada do que me é dito. Os cadáveres que empilhamos no canto me olham, não o olhar opaco e embaçado dos mortos, porque percebo que as retinas se movem, e entre as ruínas dos rostos despedaçados vejo maxilares se articulando com esforço, tentando me dizer alguma coisa. Um deles aperta o lenço contra o pescoço estraçalhado e tenta beber água. Faço o sinal da cruz enquanto outro estende o braço e procura me tocar.

Lembro-me agora, na escuridão, o nome de meu amigo, mas isso não tem mais importância. A fome me atinge nesse momento de uma maneira que a nenhum homem deveria ser permitido. Alguém me tomou as raízes, estou louco, ou foram elas.

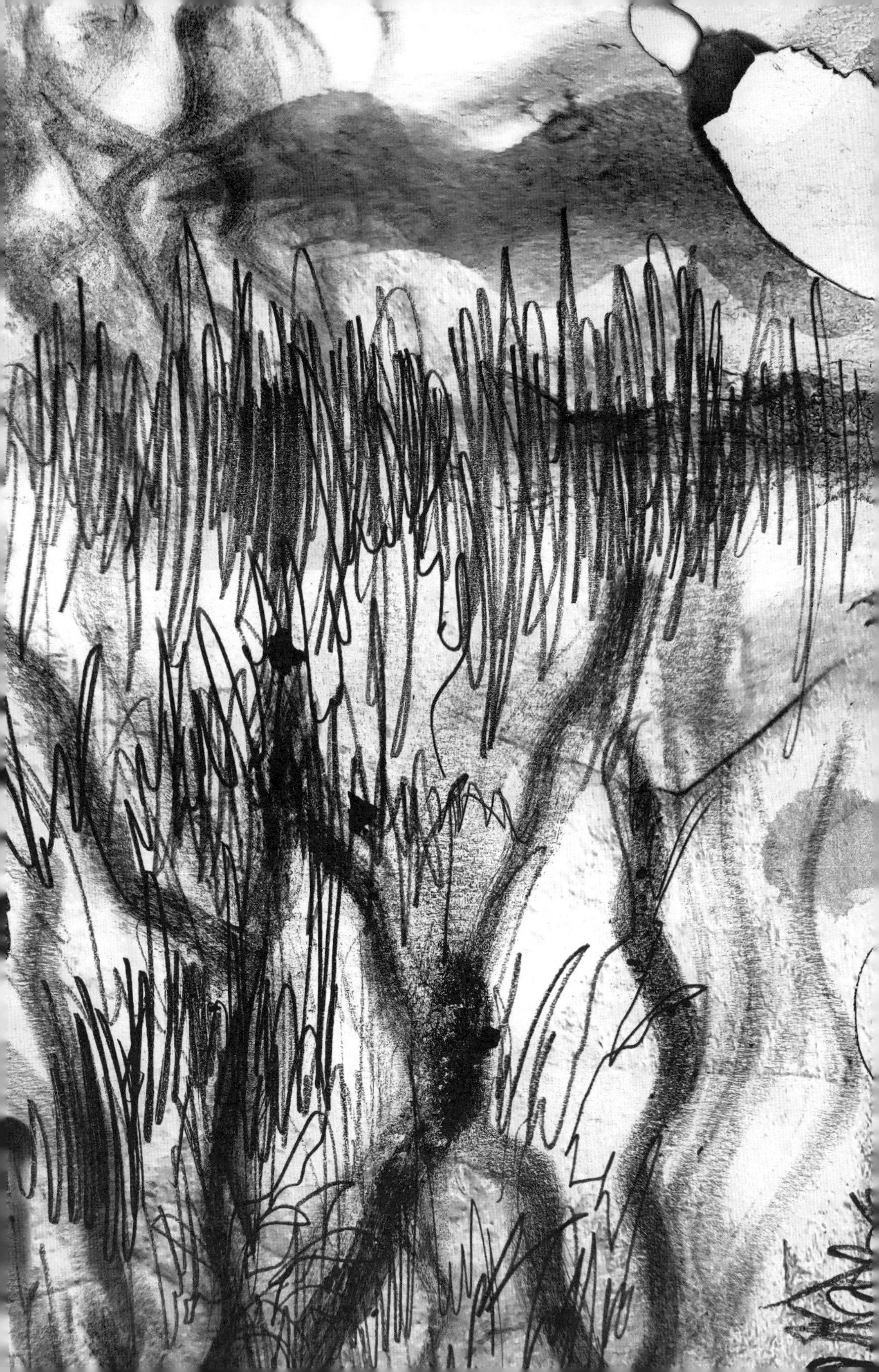

vinte e quatro

*E*u sou um soldado da Guarda Católica, não posso fraquejar. O silêncio é quebrado pelo crepitar da lenha nos restos dos barracos e pelas vigas que desabam. Ninguém fala, salvo os que gemem, e gemidos maiores se ouvem na direção das áreas bombardeadas. As pessoas procuram se reagrupar, mesmo com o mundo se aniquilando. Um menino chora perto de mim, deve ter uns cinco anos, mas aqui tudo parece mais velho do que é. Acho que já o vi por aí, e levo um susto quando o reconheço entre os vultos do meu sonho. Não, não é o mesmo. Ajeito o fuzil, que cruzo nas costas, como nos momentos em que tenho uma tarefa e preciso ter os braços livres. Eu me aproximo e ofereço a mão ao guri, que a agarra, mas continua a chorar. Desejo pegá-lo no colo, mas tenho vergonha, não posso fraquejar nem dar impressão que desbarate nossa imagem de homens de pedra.

Tenho vergonha que me olhem, que me repreendam; há muito que fazer, porque percebo que a destruição é cada vez maior e a qualquer momento os soldados devem preparar um ataque derradeiro. Não há mais comida, quase toda ela é destinada à Guarda. Nosso trabalho é muito, e aumenta na proporção das baixas que sofremos, e, quanto mais trabalhamos, menos comemos. Tenho vergonha de parecer fraco e ser julgado pelo olhar dos civis, mas pego o menino no colo; é muito leve, tenho a impressão de que levantei um monte de trapos. Ele para de chorar e prende os braços no meu pescoço. Murmuro uma cantiga que não lembro e caminho lentamente para a igreja, o menino parece que vai adormecer. O Beatinho me reconhece e recolhe o menino dos meus braços, bota-o de pé e o entrega ao homem da logística, que, em vez de mantimentos para as pessoas, leva junto a si seis ou sete crianças na direção das casas mais afastadas. Ele distribui os pequenos a novas famílias, em uma lógica que não percebo. Qual seria? Barraco sim, barraco não, ou dois barracos não, um sim? Mas desconfio que o homem conheça de cor todas as famílias, e deve ter o seu critério para dividir as crianças.

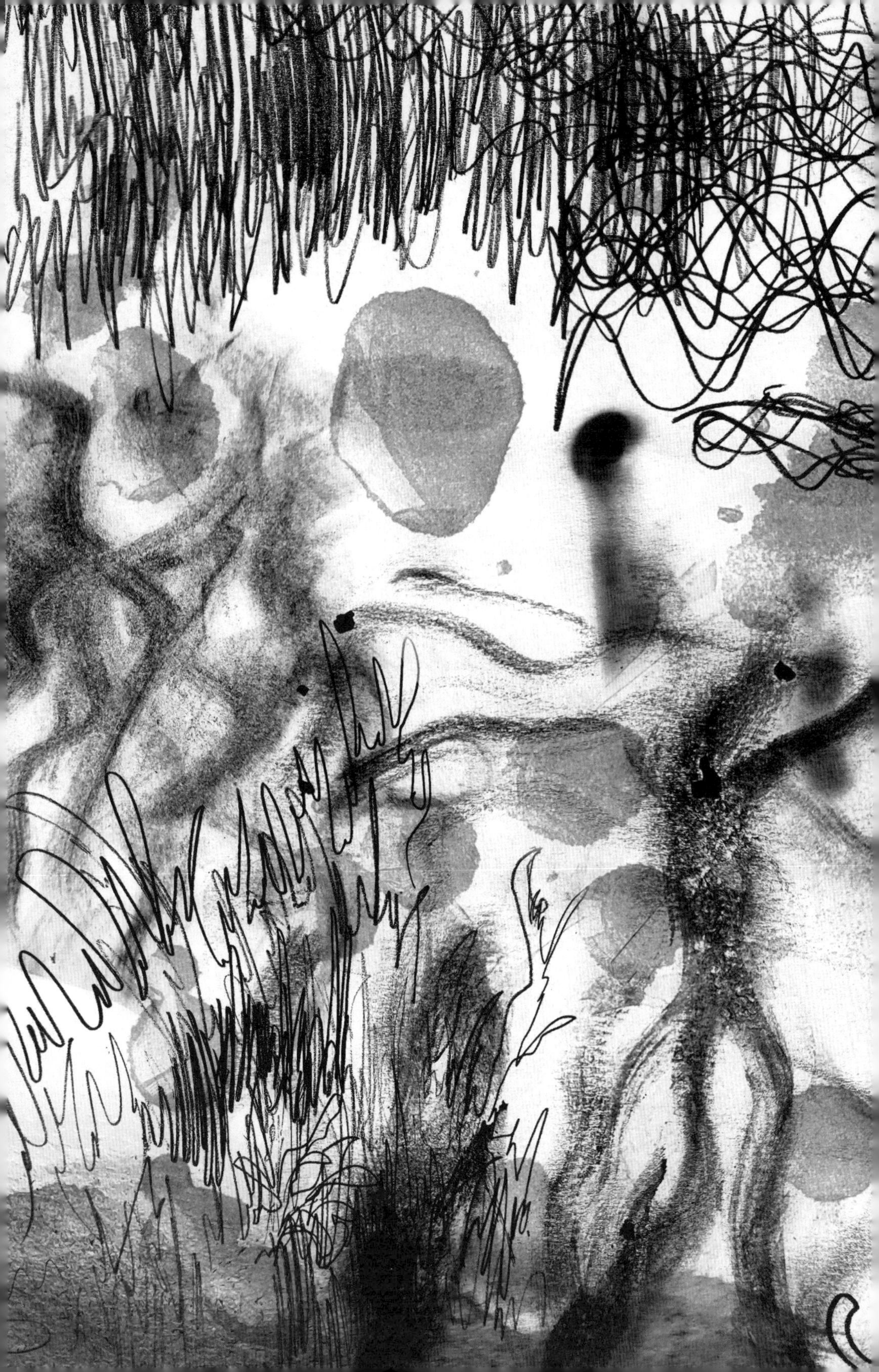

vinte e cinco

Na direção oposta à que foi o menino que tive no colo, chegou Auxiliadora. Não é Maria, é Auxiliadora, e dessa vez não tenho dúvida, não vacilo. É impossível, mas é verdadeiro. Há incontáveis noites que a vejo; é a mulher do olhar de ódio dos meus sonhos. O sentido do quadro me foge, afinal não são mais três Marias, e estou livre de pensar na cena da cruz. Já não importa se a avó estava ou não na cena original, nem se seu nome era, também, Maria.

Ela se chama Auxiliadora, portanto não são três Marias, como supus.

Resoluto, fiquei em seu caminho. Quando se aproximou, ela parou e me olhou.

Eu não me movi. Estava absorto pela descoberta e continuei diante dela, que aguardava paciente, serena, mas sem a curiosidade que seria de esperar. Seu olhar não era o de ódio ou vingança como eu conhecera, era o de quem nada mais estranhava. Tive a impressão de que ela já sabia algo de mim, como se esperasse por esse nosso encontro. Sua reação de familiaridade me deu a impressão de que era ela mesma, e não sua imagem, que me visitava nos sonhos.

Ou pode ser que eu tenha fantasiado, mistificado e não haja nada de mais no olhar dessa mulher. Afinal, por aqui as uniões se formam na velocidade das coisas que acontecem na iminência do fim do mundo. Se for assim, o que ela aguardava enquanto me interpus era a consumação do breve momento que antecede a formação dos casais, feito de olhares ou poucas palavras dos que não têm tempo. Achava, naquele momento aflitivo, que era isso que estava acontecendo, pois ela poderia ter desviado em vez de ficar olhando em meus olhos como se fosse inevitável.

Fiquei ouvindo o som ofegante de minha respiração e a pulsação me doía na cabeça, na região em que tinha sido atingido e já nem lembrava. Criei uma coragem extraordinária e disse: *Chico*. Ela sorriu. Pensei, com sua reação, que já me conhecesse ou tivesse ouvido falar de mim, Chico Mudim, o que me envergonhou e me fez ficar rubro, mas ela não deve ter notado, porque minha pele está mais escura, há tanto tempo sob esse sol, que acho que ninguém percebe o rubor.

Enquanto me defrontava com o mistério absurdo de ter visto tanto, e tão nitidamente, por noites seguidas, o rosto daquela mulher, usei da razão, com a qual fui educado, e refleti que, afinal, as figuras do quadro estão por aqui, no cenário em que vivo há meses, e que nada é mais natural que transpor uma ou outra pessoa para o sonho, para o quadro. Isso seria perfeitamente racional.

Porém, algo acontece depois que ela sorri. O olfato, esse meu algoz, percebeu um cheiro de alecrim que subtraiu toda a fedentina do lugar. O silêncio e o alecrim eram impossíveis, mas eu decidi me render, aceitei o irreal e me aproximei. Chegando perto eu percebi que não era ilusão, quando inspirei profundamente e senti, inconfundível, o cheiro. Então percebi que havia algo mais. Eu me aproximei mais, e o cheiro que senti dessa vez foi o de uma fruta doce, ainda morna dentro da boca. Movi a cabeça para o lado, o lado direito dela, e senti o eucalipto depois da chuva. Quando abri os olhos em êxtase depois dessa viagem aos aromas e às sensações passadas, ela demonstrou que sabia exatamente o que estava acontecendo comigo, e isso confirmou que eu não estava alucinando.

Ela me explicou que esses cheiros somente algumas pessoas percebiam, só algumas. E que a mãe dela era assim também, havia herdado isso dela. Fiquei maravilhado pela revelação, e acreditei no que ela disse porque era tão claro para mim que a podridão havia desaparecido, e tão intensos os cheiros dela que me envolviam, que inspirei mais uma vez, e ficaria assim o dia todo. Ela achou graça no que eu fazia e gargalhou rapidamente, expressando orgulho pelo dom que possuía e o que aquilo era capaz de provocar em mim.

Então me interrompeu, dizendo que tinha tarefas para cumprir e que amanhã, antes da missa, estaria me aguardando no meu posto, próximo à igreja, para pedir a permissão que o Beato concedia aos casais que se uniam no Arraial, como eu e Auxiliadora.

vinte e seis

Desconfio que o Conselheiro esteja doente. Talvez morto. Não se sabe se está no santuário ou dentro da igreja nova. Alguns morteiros atingiram a igreja, que é o alvo prioritário dos canhões, onde uma torre caiu. As torres eram o melhor ponto para os atiradores. Não sei o que se passa lá dentro; dizem que um dos principais jagunços foi atingido por um estilhaço, mas a confusão ao redor é grande e fica impossível separar o boato daquilo que acontece de verdade.

A poucas pessoas é permitido entrar no templo ou no santuário; eu sou um dos que fazem essa determinação se cumprir. Mas a mim mesmo não é permitido entrar. O Beatinho diz que o Conselheiro está doente, determina que nosso grupo impeça o acesso, pede para contermos a multidão que se forma sempre que a noite chega. É um momento tenso, pois todos estão lá para ouvir as prédicas do Conselheiro. Esse é o dia em que Auxiliadora cumpre o que prometeu. Vem ao meu encontro com a intenção de pedir permissão para nossa união. Quando ela chega tudo fica sendo o cheiro dela, então não estive enganado.

Eu não posso abandonar o posto, ela entende, ainda que eu não diga nada, então eu a deixo passar. Na porta da igreja, outro grupo a detém, quando ela fala alguma coisa aos guardas e fica de lado. Pouco depois surge o Beatinho, conversa com ela e olha na minha direção. Sei disso porque estou ansioso e, enquanto mantenho minha posição no cordão de isolamento, viro-me e olho para eles a todo momento. Então eu o vejo pousar a mão estendida sobre a cabeça de Auxiliadora, e sei que agora ela é minha mulher.

Os segredos por aqui não subsistem, como se o ar tivesse a capacidade de propagar os acontecimentos, e tudo se sabe. Começa pelos líderes, que misteriosamente se antecipam aos fatos que rapidamente se transformam em conhecimento comum. A história que me tocava parecia ganhar vida própria antes que eu mesmo me apercebesse. O Beatinho retornou para dentro da igreja. Auxiliadora ficou aguardando no meio das pessoas, paciente, até que eu estivesse desincumbido. Além da minha mulher ninguém mais passou por nós, e, depois que Beatinho voltou para o interior da igreja, de lá não saiu.

Auxiliadora, depois que falou com ele, ficou próxima a mim, até que a multidão começou a retornar para suas casas. Ela ficou sempre por perto, porque eu a vi, e porque a podridão cedeu ao alecrim. No entanto, no momento em que fui rendido, apareceu o homem da logística para designar a casa que seria nossa, onde eu e minha mulher ficaríamos.

Ele não só já sabia sobre nós como tomara providências em respeito à nossa união. Não posso imaginar como descobriu. Nem Beatinho nem Auxiliadora estiveram com ele desde que nossa união fora assentida.

Eu não sabia onde era o local que ele designou, nem se teríamos que dividir a tapera, porque, assim que passamos em frente de onde morei até então, eu entrei e minha mulher me seguiu. O homem da logística parou em frente à porta, olhou o rombo no teto, olhou para mim e desistiu de argumentar, foi-se embora e aceitou minha escolha. O barraco era só meu desde que, dias antes, a bomba arrancara metade do teto. Meus companheiros que lá viviam procuraram recolocação, talvez um lugar afastado da igreja, mais seguro, longe da linha de tiro da canhonaria.

Para nossas núpcias, minha mulher trouxe uma vela — que acendemos apesar da proibição — e carne-seca misturada com farinha. Deve ter recebido aquele manjar como presente de casamento. O perfume dela se misturou ao da carne passada na panela com a farinha, um aroma inebriante de comida, que dava até pena de comer sabendo que o cheiro não restaria no dia seguinte. O buraco no teto revelava o céu, e, não fosse onde estávamos, não fossem os ratos no chão e a fome, a sede e a mortandade, seria bela a cena das estrelas, cuja luz era ofuscada pelos morcegos que passavam rapidamente, sob o som aveludado de suas asas, que lembravam folhas secas.

Depois que comemos, fiquei olhando para minha mulher e sentindo seu perfume. Eu não sabia o que fazer. Sabia, mas não por onde começar. Ela, que em cada gesto lembrava os quadros dos mestres, inclinou o ombro, deixou o braço cair suavemente e despiu as mangas de um lado, deixando um seio exposto. Depois refez o movimento no outro ombro e ficou nua da cintura para cima. Não se despiu completamente, e eu não sabia se a acompanhava; estava com medo e vergonha. Não imaginava que réstias desses sentimentos ainda me afetassem.

Então ela pegou uma pequena cumbuca, embebeu um pano e limpou-se. Depois que acabou me entregou o pano, que cheirava a jasmim, não tenho dúvida; jasmim, era essa a mistura dos cheiros que ela tinha. Eu despi a camisa e me limpei. Nos beijamos por um longo tempo, e parecia que eu não estava naquele mundo, mas distante, entre o morro e o mar, em um lugar onde sempre seria seguro manter aquele corpo que se aninhava ao meu. Toquei seus seios e tive uma impressão de injustiça, como se não merecesse o que estava acontecendo comigo. Nos meses desde que aqui cheguei, depois de tudo que vi e vivi, duvidava que um dia teria essas sensações profundas — ou, ainda, qualquer tipo de sensação.

Ela se deitou em uma esteira que trouxe de sua antiga moradia — e terminou de se despir. Eu queria sentir o cheiro do seu sexo, qual surpresa ele revelaria, e tive um susto porque não foi cheiro que senti, mas a visão de asas de borboleta. Eram coloridas, com brilho próprio, pois a pouca luz da vela que acendêramos não seria capaz de revelar essas nuances. Mas eram muitas, eu sentia o farfalhar das asas de incontáveis borboletas, e tive medo de que as borboletas levassem embora minha mulher, rumo ao céu. Botei a mão pesadamente sobre seu ventre querendo impedir as borboletas de voar, e ela riu, como se entendesse minha intenção.

Depois eu falei. Pela primeira vez falei, depois de muito tempo e pelo resto da noite. Minha garganta no início não articulava direito os sons. Meus ouvidos estranhavam minha própria voz, mas eu falava mais e mais, e contei tudo. Sobre a última coisa que ouvi de meu pai, expliquei quem era Ulisses, desabafei sobre como me senti idiota quando aqui cheguei nessa minha condição. Falei sobre as coisas que vi, de minha falta de fé em tudo, como fui abatido por um pedaço de cérebro que me fez perambular pela caatinga até que, fugindo, vim aqui dar novamente. Mas isso não bastava, e falei da minha infância, falei do mar que ela nunca viu e que próximas ao mar erguiam-se serras de alturas infinitas, muito maiores do que a maior das serras do sertão, e das aves, dos córregos e das cachoeiras de águas que não acabavam e estavam sempre geladas, e de como era a cidade grande, e, conforme se avolumavam as coisas que eu relatava, eu as sentia como algo ainda possível de viver.

Finalmente, quando a claridade se anunciava sob o céu devassado de nossa pequena casa, contei sobre o sonho, das três mulheres e de como ela aparecia no quadro. Ela me apertou forte e de novo fez amor, dessa vez sobre mim, eu nem sabia que isso era possível, e nos amávamos enquanto mais um dia irremediável ameaçava se iniciar.

Antes de sairmos para nossas tarefas, perguntei se a minha condição de soldado mudaria algo entre a gente. Ela respondeu que Canudos perdoava a vida que passou, e que zelava apenas pela vida que se vive aqui. E que, portanto, era melhor continuar mudo, realizando minhas tarefas. E que não mostrasse os papéis com meus escritos.

Há muito eu não pensava nem me preocupava se poderia haver um dia seguinte. Estávamos em um lugar onde o tempo, alheado, não regia, e a expedição que prometia fim à nossa existência se arrastava por quatro ou cinco meses, descontando os poucos dias em que fiquei entre os soldados — e eu não faço ideia precisa sobre quanto se passou desde que aqui cheguei.

Nesse dia, o primeiro com minha mulher, ousei pensar que a vida poderia prosseguir. Falei do medo por ela, o temor de os bombardeios a atingirem, preocupação com sua alimentação e o desejo de continuar a vida ao lado dela. Perguntei "o que será da gente?", e ela me respondeu que eu, tendo sido soldado do lado de lá, sabendo sobre as coisas que o inimigo preparava, conheceria a resposta melhor do que ela e que, portanto, eu não deveria fazer esse tipo de pergunta. Que o melhor era que vivêssemos cada noite como se fosse a primeira, igual a essa que a manhã deixava para trás.

Ela olhou em meus olhos depois de uma pausa e, como se estivesse se esforçando para me dar uma resposta inconteste — ou, então, para se certificar de que não vale a pena questionar aquilo que está para sempre além do entendimento dos homens —, narrou a profecia do Conselheiro, que todos já conheciam. Mas a conclusão da profecia, acho que ela inventou na hora, porque fez intervalos de silêncio e concentração. Assim também demonstravam seus olhos, como que aclarados subitamente por uma descoberta que se faz.

O Conselheiro tinha previsto que seriam em número de quatro os fogos contra Belo Monte. Os três primeiros seriam vencidos por nós, mas o quarto fogo, esse estaria nas mãos de Deus. Até aqui, ele acertou. Mas a verdade — isso foi a conclusão dela — era que o Beato, em um ato de bondade, omitiu caridosamente o desfecho do quarto fogo. Era mentira que ele não soubesse, ela disse. É que tinha pena de dizer para aquele povo que o quarto fogo era o fim do nosso mundo. E que essa guerra, ao terminar com nosso mundo, como uma maldição definirá o que seremos. Nessa hora em que externava o que pensava, os olhos de minha mulher começaram a ser os mesmos que vi no quadro.

Finalmente eu a entendo. Reflito sobre a distância imensa entre nossas origens, e que as coisas que nos aconteciam eram o oposto do que cada um esperava. Ela com sua fé, que ignoro, e eu com a minha, o desejo exaurido das coisas grandes da civilização. Ambos, na verdade, desaparecendo na indiferença dos confrontos que extinguem as vidas sem conclusão alguma. Eu tinha que fazer algo. Agora tinha.

vinte e sete

Fomos, eu e minha mulher, cada um em uma direção, cuidar das tarefas que nos cabiam. Na primeira noite que passamos, eram tantas as coisas por dizer e por descobrir que não perguntei qual função ela exercia no Arraial. Talvez trabalhasse nas linhas de abastecimento ou ajudasse o homem da logística, não sei. É tarde para descobrir, e imagino agora que poderia ser uma das professoras de Canudos; é um pensamento que me agrada, mas é só uma fantasia que me consola nas poucas horas que me restam. Eu deveria ter perguntado antes de nos despedirmos onde, no emaranhado de ruínas em que ia se transformando Canudos, ela ficaria durante o dia. Assim, poderia senti-la por perto.

Ao redor, o desamparo evoluía de um dia para o outro em uma proporção como não havia acontecido em meses e anos desde que esse lugar começou a se tornar o que é. Desde que cheguei, um tempo que não consigo precisar e calculo entre três ou quatro meses, o estado de ânimo pouco se alterou. O sofrimento aumentava a cada dia, é certo, mas as pessoas pareciam intocadas pela desgraça circundante.

Não faz tanto tempo presenciei momentos em que o ânimo se elevava, quando o homem da logística ainda conseguia manter algum abastecimento, ou novos peregrinos conseguiam chegar com doações e mantimentos. Ou a captura de comboios do exército, que reforçavam o arsenal. Mas agora não existem mais caminhos abertos para o Arraial.

O pior talvez seja a ausência do Conselheiro. Quando ele pregava, as pessoas conseguiam esquecer o dia, para logo depois se entregar ao esquecimento do sono e renovar energias para as desgraças no dia seguinte.

Mas ele não aparece há dias, e, afinal, foi para ouvi-lo que as pessoas chegaram e se enraizaram por aqui, apesar da guerra, apesar dos canhões.

De ontem para hoje, contudo, a intensidade da desolação multiplicou-se visivelmente. Há uma quase completa falta de comida e água. É impossível precisar quantos ainda vivem, talvez o homem da logística o saiba. Ainda se tem a impressão de que o Arraial continua povoado como antes, mas é apenas ilusão. É que, naturalmente, todos aparecem ao largo da igreja, sob a latada, buscando ajuda ou orientação e, principalmente, para ver o Conselheiro, que deve estar ferido ou morto, trancado dentro da igreja ou no santuário.

A visão da cercania da igreja cheia de gente é que nos dá a ilusão. Contudo, em incursões pelo Arraial adentro há cada vez menos gente e mais casas destruídas. Foi por isso que o homem da logística arrumou tão rapidamente uma casa para mim e Auxiliadora, coisa que antes demorava muito mais.

Nós, da Guarda, estamos mais firmes que os outros, porque nos cabe a pouca comida que resta. Os demais deixam voluntariamente de comer para que a Guarda subsista. Sei que isso é efêmero, porque dois ou três dias sem comida seriam devastadores para o nosso grupo, embora desconfie que essa avaliação só sirva a mim mesmo, porque esses homens são feitos de outra coisa e parecem aguentar infinitamente mais do que eu.

Há semanas desistimos de enterrar nossos mortos, porque os esforços da guerra exigem todos os homens disponíveis, e há dias que já não os cremamos; não há mais combustível. Os urubus, que há muito sabem de nosso destino, pressentem nosso ânimo desabando e agora se multiplicam, escurecem o céu. E entre os urubus o ânimo parece crescer com a iminência da desgraça; agora ousam caminhar confiantes no meio de nós.

Vejo o Beatinho saindo do santuário, onde ninguém mais entra. Ele conversa com Abade e o homem da logística. Há poucas palavras e muitos silêncios entre eles. As frases são curtas, e parece que estão chegando a alguma conclusão. Eu me aproximo, mas meus colegas da Guarda gesticulam para eu manter distância. Os três se olham e quase não abrem a boca. Com o olhar devem conversar muito mais, porém não estou perto o suficiente. Então fazem gestos de assentimento, resignados, e o Beatinho vai para o interior da igreja, retornando pouco depois com uma vara e um pedaço de pano branco. Entendo o que está acontecendo e quero me oferecer de voluntário para acompanhar o Beatinho até o acampamento.

Ignoro a orientação de manter distância, me aproximo dos três e, ridículo e nervoso ao extremo, fico hirto em pose de sentido. Quase faço uma continência. Abade não se importa, e o homem da logística esboça um riso. Mas eles sabem o que eu quero e avisam que o Beatinho irá sozinho, nas mãos de Deus. Até que ele retorne, ninguém mais deve saber o que fazer. Insisto, perseguindo-o por alguns metros, e é o próprio Beatinho que me interrompe e me dispensa. Ele vai sozinho, com o trapo branco, na direção dos soldados.

Perdi a melhor chance, talvez a única, de sair daqui. Afinal, foi o que eu sempre quis: primeiro, me livrar de Canudos, depois, do exército e, finalmente, da memória. Só que, agora, o meu desejo de sair tem um objetivo: salvar minha mulher para que possamos nos esquecer juntos e bem longe.

Eu me imaginei chegando com o Beatinho ao comando do exército, quando então revelaria aos oficiais a minha patente, alegaria ter caído nas mãos do inimigo durante o ataque e seria reincorporado às tropas. Então me ofereceria para retornar como voluntário, junto ao Beatinho — afinal, eu conhecia o terreno —, enquanto ele prepararia a rendição de Canudos. Era essa sua intenção quando foi ter com Abade e o homem da logística. Por fim, se tudo desse certo, eu daria um jeito de salvar minha mulher do destino que aguardaria os demais que se rendessem.

Não demora muito e vejo Beatinho retornando. Arrasta a vara com a bandeira branca no chão, que agora está marrom de terra; parece nem se aperceber. Novamente se reúnem os três e agora estou próximo, não me afastam dessa vez. Não há mais nada a fazer, ninguém aguenta mais, é o que Beatinho disse ter contado aos chefes dos demônios. Avisa que o general prometeu poupar a todos que se entregassem. Abade retruca, quase briga com o Beatinho, diz que não foi esse o trato, que era para negociar a rendição somente das mulheres, dos velhos e das crianças. Afirma que a Guarda não se entregará, que foi esse o desígnio do Conselheiro, seu último desejo.

Sei agora que Antônio Maciel está morto.

Sei que o general não vai cumprir a promessa. Penso em minha mulher e me apavoro.

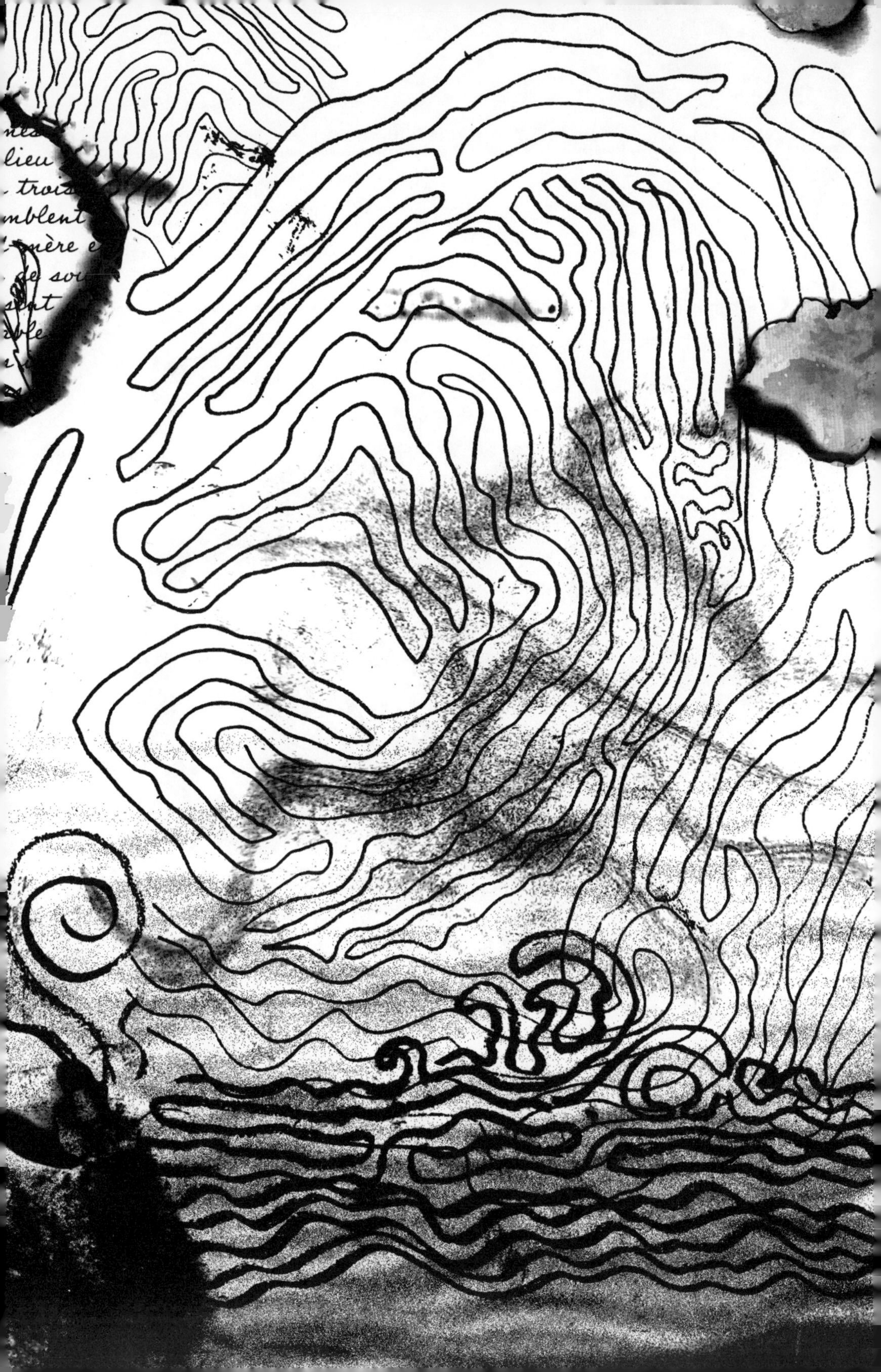

vinte e oito

Quando escureceu, Auxiliadora veio ao meu encontro e fomos para casa. Ela sobreviveu, enquanto eu, que antes nada esperava, estimei esse dia a mais em que também não morri, e que permitiria mais uma noite junto a ela.

Não havia carne-seca; não era mais o dia de nossas núpcias. Contei a ela sobre os planos de Beatinho, e ela disse que esse boato já começava a correr, o que me fez pensar no homem da logística, o responsável por preparar os ânimos dos civis para a rendição, ou seja, todos que não eram da Guarda e restavam como peso à resistência do Arraial.

Eu, que convivi meses com esse povo, acreditei que o homem não conseguiria convencer ninguém, porque não foi para isso que criaram essa cidade. Eu pensava que essas pessoas somente se entregariam se o Conselheiro, somente ele, ordenasse. Mas duvidei de minha certeza ao refletir sobre a habilidade que tinham os homens máximos desse lugar, como o Beatinho, o da logística e, finalmente, João Abade. Amanhã, pensei, tudo poderia acontecer. Inclusive um ataque surpresa dos inimigos, que sabem que estamos desmoronando porque ouviram da boca de Beatinho que ninguém aguenta mais.

Eu mal conhecia minha mulher, mas temia por ela porque reconheci seu olhar de ódio no quadro e não queria que chegasse até aquele lugar que ocupava em meus sonhos. Procurava negar aquilo que parecia cada vez mais claro, que a cena que por tantas vezes eu vi não tinha a ver com as piedades, mas revelava os últimos instantes antes que nossa cidadela desaparecesse do mundo.

Conhecendo-a pouco, contudo e para minha incredulidade, eu a amava, e teria que convencê-la de meus propósitos. Expliquei minha tentativa fracassada de acompanhar o Beatinho até os soldados e o que pretendia com isso: salvar-nos. Ela mostrou-se incomodada com o que eu lhe dizia, respondeu que, o que quer que estivesse por acontecer, estaria acima de nossas vontades e eu deveria aceitar nossa sina. Eu insisti, aflito, que poderíamos sair para longe desse sofrimento e poderíamos ficar juntos por muitos anos, filhos e netos. Eu poderia, tinha certeza, encontrar uma maneira de fazer isso acontecer. Ela me silenciou beijando-me, e foi a segunda vez que senti paz nesse lugar, amando-a em meio aos cheiros e ao farfalhar que só eu era capaz de sentir e ouvir.

Não sonhei nas noites em que estive com Auxiliadora, porque passamos acordados. Também nada escrevi, porque não quis perder um momento ao lado dela, me agarrando à duração da noite, desejando-a eterna, e me angustiando no momento em que o céu começava a mudar de cor e as estrelas esmaeciam.

Hoje estou só, volto a escrever enquanto tento lembrar o que ainda precisa ser lembrado diante da iminência do fim. Sinto medo do sono que se aproxima, porque não quero sonhar. Não suportarei ver o quadro novamente.

É dia, e vamos cada um para o nosso lado. Distribuem uma massa dura para os homens da Guarda. Uma espécie de pão, ou bolo, que fica um longo tempo se desfazendo na saliva — era impossível mastigar — e por isso aplaca um pouco a fome. Comemos como se aquilo fosse uma bênção. Sabemos que os outros deixam de comer por causa de nós, e a refeição que alimenta o ódio é sagrada. Guardei metade da minha porção para minha mulher, mas ela não vai comer.

Beatinho e o homem da logística vão para o interior do Arraial. Sei o que vão fazer. Há um silêncio completo, e as pessoas estranham que os canhões não disparem nem cheguem mais os tiros aleatórios que os soldados mandam de vez em quando para sorte ou azar dos projéteis. Os motivos do exército só podem ser dois: ou eles estão preparando o último ataque, ou aguardando a rendição que Beatinho prometeu para o meio do dia.

Nesse silêncio, percebo uma tensão que faz a terra tremer, mais do que os canhões. Talvez só eu a sinta, porque conheço o outro lado e sei da fúria que desabalará dos soldados famintos que aguentam e, mais que tudo, só pensam em matar e voltar para casa. A terra treme desde o acampamento, na iminência das tropas. Pouso a palma da mão sobre o chão e sinto o que está se passando no lado dos inimigos. O inevitável acontecerá hoje, de surpresa, ou logo depois, quando souberem que nem todos se entregarão. A pele fina da minha mão escuta.

Surge o cortejo que vem das ruas feito tripas arruinadas de Canudos. Arrastam-se sob as chagas, os membros feridos e a fome. Calculo quinhentas pessoas. Beatinho e o homem da logística foram bem-sucedidos; eu havia me enganado pensando que essa proeza só seria realizada pelo Conselheiro. Não há inconformismo. Do lado do acampamento, a olho nu, os oficiais enxergam o que está acontecendo.

Se o general não mantiver a palavra dada, esse é o momento do ataque final, e nada mais posso fazer. Se ele honrar o acordo, receberá aqueles que se rendem. Mas sei que não manterá todas as palavras prometidas, porque, no fim, entregará todos para a degola.

Minha mulher foi uma das últimas a aparecer; me aproximei e nos abraçamos, indiferentes aos outros, que não demonstravam afeto, mas resignação. Eu lhe disse que iria junto, mas ela me repreendeu com os olhos que eu já conhecia. Preferia morrer. Ou que eu morresse. No caso improvável de a Guarda não me deter, Auxiliadora deixou claro que ela mesma não me permitiria acompanhá-los na rendição. Insisti, avisei que chegaria de um jeito ou outro ao acampamento, que a resgataria, que teríamos a vida que lhe prometi.

A multidão está pronta para partir, e Beatinho empunha a bandeira branca enquanto aguarda a chegada dos últimos. Até hoje, a única pessoa com quem conversei desde que cheguei foi minha mulher. Os demais sabiam que a única palavra que eu era capaz de proferir era Chico. Falavam comigo para dar instruções ou tarefas sem aguardar resposta, e eu sempre cumpri o que me pediam. Então falo pela segunda vez. Me aprumo e digo alto para as lideranças que, se for para sermos degolados pelos demônios, cortemos nós mesmos o pescoço dos nossos.

Ninguém estranha mais nada nesse lugar, nem o fato de um mudo começar a falar, nem o vocabulário e a pronúncia que denunciam minha origem, nem a postura, rígida e militar com a qual fiz aquele pequeno discurso.

Abade parece que quer me dar uma coronhada por causa de minha impertinência ao tentar interromper uma rendição que provavelmente deu muito trabalho aos líderes que tiveram que convencer àquelas quinhentas pessoas. O homem da logística não se importa; está ocupado. Beatinho, contudo, me fita com olhar caridoso, se aproxima e diz: "Filho, nós não aguentamos mais, essa gente vai espalhar os ensinamentos do Conselheiro e germinar a terra com sua sabedoria". Não sei se ele acredita no que diz, mas é visível que todos chegaram ao limite. Depois que falo quase ninguém reage, mas vejo um homem da Guarda, ao fundo da multidão, separar uma mulher e se enfiar com ela no meio do Arraial. Quero fazer o mesmo, mas a multidão se arrasta, com Beatinho à frente, na longa marcha através do terreno acidentado rumo ao acampamento. Muitos caem, se levantam e recomeçam a jornada. Alguns caem e ficam. Não aguentam mais.

A guarda da Guarda pensa em tudo. Abade e o homem da logística botam esses homens entre os que ficam e os que partem. Não posso seguir minha mulher, ainda que escondido dela. Alguns dos que partem começam a cantar, mas não são imitados, o coro é fraco e os cânticos não chegam ao fim, já não se escuta nada, a longa serpente feita de gente se afasta. Quando Auxiliadora olha para trás pela última vez, ela está exatamente como no quadro. Próximo a ela vejo as duas que faltavam na cena. As que vi tantas vezes em sonho. Eu me acocoro, cubro o rosto com as palmas da mão e verto a última umidade de Canudos.

vinte e nove

*E*mudeceram todos, seja por resignação ou determinação. A vida seguirá apenas adiante. Nossos combatentes se colocam nas últimas posições defensáveis do Arraial e no que sobrou da igreja nova. A essa hora, o general já deve saber que os homens não se entregarão. Determina aos subordinados que determinem aos seus subordinados o destino dos prisioneiros. Dá as costas para o Arraial, a noite não demora, e vai para sua tenda coordenar o que acontecerá nos próximos dias.

Não quero voltar para casa, um pedaço no peito, feito de dor, me angustia, me vence mais que a fome, e não sei o que fazer. Tenho medo de que seja tarde para encontrar um caminho para o acampamento e, em vez de desejar a morte, que ela por aqui é fácil e pródiga, desejo o mais difícil, desejo viver para sempre e tornar perene essa dor despedaçada, prefiro isso a me deparar com as pupilas baças de minha mulher degolada e regada em seu próprio sangue.

A noite é muito escura quando as nuvens vieram esconder a lua. Há movimento na igreja. Organizam a partida do homem da logística e de alguns jagunços que deverão protegê-lo durante a fuga. O homem diz que levará adiante os espólios e a memória de Canudos.

É apenas o momento da confirmação de que tudo está perdido, como eu sabia desde o princípio. A partida do homem, no entanto, é como a derradeira constatação diante de um corpo querido que não queremos reconhecer. Ele é pragmático, sabe que aqui se produz uma derrota feita para ser esquecida. E mente. Vai reconstruir sua vida como se Canudos não tivesse existido, assim como será esse o desejo dos vencedores. Ao fim, nenhuma moeda comemorativa será estampada, porque suas faces seriam de diferentes metais, cujo resultado é a corrosão. Em uma delas, um general Deus da República, na outra, o santo agreste. Mas aqui ninguém é, ou foi, nem uma coisa nem outra. O autoflagelo e a destruição se irmanaram de forma insana. Foi isso que aconteceu.

João Abade fica, vai ficar até o fim. Ele me vê e diz: "Quer ir junto, pode ir". Mas eu não vou, porque o homem da logística está fugindo na direção oposta de onde está minha mulher.

Sento-me ao lado de Abade, que não faz menção de se retirar, e pela terceira vez eu falo em Canudos; conto toda a minha história. Ele não dá muita importância; deve achá-la insignificante, banal. É um homem vivido, e, das coisas que ouvi sobre sua existência que eram contadas por aqui — e também nas rodas diante das fogueiras no exército —, julgo que a ele é que caberia ser Ulisses. Eu me envergonho ao seu lado.

Ele diz — como um eco do que ouvi de Auxiliadora — que Canudos perdoa o passado. E que, se o passado condenasse alguém nessa Terra Santa, ele seria o primeiro a penar, de tantos pecados que carregava até o dia em que finalmente foi purificado pelo Conselheiro. Abade se levanta, vai se afastando e diz ainda que eu posso ir embora, posso tentar encontrar minha mulher, mas que nossos homens estão entrincheirados pelo caminho, com ordem de atirar em qualquer coisa que se mova, de qualquer lado que venha.

E que, a partir de hoje, não haveria mais linhas de comunicação ou abastecimento. Penso nos homens que se tornaram, nesta minha história anormal, irmãos em armas. Eles se posicionam sabendo que nem água, nem comida, nem ordem de comando vão chegar até eles. Estão metidos em buracos em meio à carniça, guardando as últimas forças para quando o campo de visão se resumir a uma manada de fardas que vai tapar o sol.

João Abade sugere, caso eu decida partir, uma volta intricada pelo Leste, com igual risco de ser abatido por posições de retaguarda dos demônios, mas que esse é o único jeito de eu conseguir. Levaria uns cinco dias, ele alerta.

Eu não tenho mais esse tempo, minha mulher não terá cinco dias.

Perambulo sobre o fantasma de Canudos. A fedentina é inconcebível, sinto-me no centro da podridão do mundo. Reflito como é que aguentei os últimos dias, quando lembro o motivo: Auxiliadora. Crio coragem e decido voltar para minha tapera, o peso nas pernas me faz vergar, sinto vontade de me arrastar ao chão para que demore mais o momento da chegada. Paro em frente e não tenho coragem de entrar. Minutos olhando para a porta. Já não é mais porta, é só vão de entrada, e eu ainda resisto a entrar. Fecho os olhos, tateio dentro de casa, pego o lápis, as folhas e a esteira e entro em outra tapera, onde a cobertura está completa e me provoca má impressão. Vou de barraco em barraco até encontrar um que esteja sem cobertura. Sem minha mulher, o cheiro de podre paira no ar quente e abafado, não há vento, e tudo que há nas vielas que percorro é gosma e fuligem do que foi o Arraial. Pouco antes de entrar em uma nova tapera — finalmente encontro uma sem telhado —, a lua surge e ilumina uma aparição, um ser com três braços, pernas de homem e um tronco desproporcional. Sigo o espectro, que se move rápido, e, ao me aproximar, reconheço o homem que, depois do que eu havia falado, retirou a mulher do grupo que partia para se entregar. Carrega-a no colo, na direção do cemitério. A mulher tem uma mancha escura que cobre sua bata.

Há dois dias não durmo porque amava minha mulher. Foi a duração do nosso casamento. Procuro resistir ao sono, a lembrança do quadro me provoca pânico. Escrevo.

trinta

Nesta minha última morada em Canudos, na noite das coisas que se acabam, acendo a candeia medieval. Pela primeira vez vejo os manuscritos sob a luz. Não releio, não há tempo para mais nada. Sinto pena dessas páginas, que nada mudarão e finalmente encontrarão seu destino, inexorável, entre as chamas. Ou sob as águas, se a profecia delirante do profeta se concretizar.

É a última noite; são as últimas linhas. Tudo o que admirava se desfez. O que aprendi no exército e entre os homens nada vale diante da verdade única, que é a mulher que me falta. O único local de esquecimento é no amor. Por isso preciso tanto dela.

Em breve surge o dia. O que germinará nessa terra regada de sangue e semeada de restos humanos? Alguém saberá? Lembro de um médico no acampamento que vociferava contra as degolas. Era considerado louco. Ele não viu as chuvas da morte provocada pelo 32. Decerto enlouqueceria. Aprenderia, como eu, que tudo o que foi ensinado sobre artilharia era mentira. Ou então que inventaram uma nova verdade, a das matanças invisíveis, e que o emissário dessas mortes dorme sempre tranquilo.

No alto da Favela os galos começam a cantar. Minha mulher não deve ter morrido ainda. São, pelo menos, uns quinhentos aqueles que se renderam; é preciso tempo para degolar tanta gente. E o exército estará ocupado, organizando o ataque final.

Vou desistir da tentação de seguir o caminho sugerido por Abade. Ainda que reduzisse pela metade o tempo e eu fosse capaz de voar sobre as trilhas, seria tarde demais. Tenho duas alternativas: a primeira é me posicionar nas trincheiras mais avançadas, esperar o inimigo chegar e tentar me render, alertando-o que sou do exército, informando posto e a minha linha de comando; a segunda é me retirar para os fundos do Arraial, porque, quando os soldados lá chegarem, a matança terá se aplacado porque todos os homens de Canudos estarão mortos. Os soldados estarão cansados, a mira embaçada e então gritarei, a plenos pulmões, quem eu sou, nome, posto, comando. Existe uma terceira, percebo agora: me enfiar nos túneis, puxar um dos soldados para o buraco, tomar seu uniforme e sair da guerra pelo lado avesso do reverso em que vim parar. Uma quarta solução surgia em minha cabeça enquanto escrevia a hipótese anterior, mas agora a esqueço, porque as que tracei até agora são promissoras. Imagino as hipóteses se misturando, o acaso das possibilidades não aventadas, a rapidez com que terei que executar o que o destino me oferecer, pensamentos em torvelinhos, mais rápidos que a velocidade do lápis. É a guerra.

Fico animado, há uma saída, várias saídas, eu vou conseguir. Pois, se essa minha história foi possível, encontrar uma saída também será. Me esconder no túnel e capturar um soldado parece a melhor ideia.

Decido levar estes manuscritos, porque de certa forma se opõem ao que meu mutismo denegou. Principalmente porque são um testemunho da vida, breve, que tive com Auxiliadora.

Lembro de algo que ela disse, uma coisa a que a princípio não dei importância: que essa guerra definirá o que seremos.

A guerra acaba. Mas a maior guerra, talvez a única batalha de verdade que viverei nesse canto do mundo, será sobreviver às próximas horas. Não quero morrer para que minha mulher possa viver.

Me preparo para sair da tapera e enfrentar o último dia de Canudos.

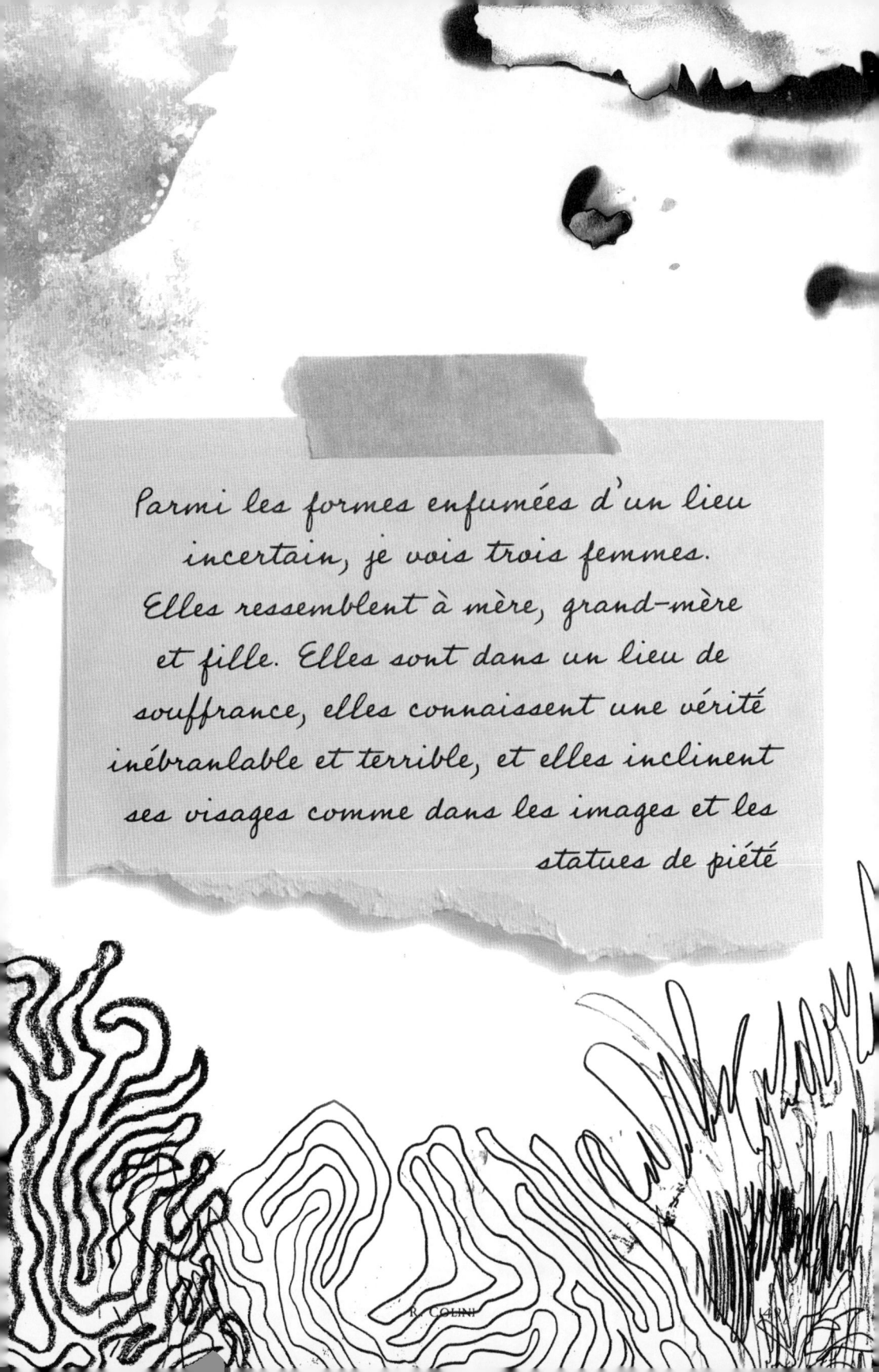

Parmi les formes enfumées d'un lieu incertain, je vois trois femmes. Elles ressemblent à mère, grand-mère et fille. Elles sont dans un lieu de souffrance, elles connaissent une vérité inébranlable et terrible, et elles inclinent ses visages comme dans les images et les statues de piété

nota do autor

*D*ecepção.
Esse era o sentimento daqueles que se deparavam, pela primeira vez, diante da visão do Arraial de Canudos. Afinal, para justificar as sucessivas derrotas diante dos sertanejos, o governo construiu uma imagem de Canudos muito maior do que a realidade. Diante do Arraial, o que a visão descortinava era o ocre de barracos e taperas miseráveis que se espalhavam de forma caótica.

Jornalistas, médicos, militares, cientistas e religiosos esperavam se defrontar com uma cidadela formidável, repleta de armamentos modernos e espiões internacionais, contudo se desiludiam à medida que percebiam o que era, de fato, Canudos.

Entre os estertores da monarquia anacrônica e os primeiros anos da jovem República, um beato andarilho pregava pelo sertão, com aquele tipo de magnetismo incomum, atraindo para suas hostes milhares de seguidores.

Antônio Conselheiro transformava-se em senhor absoluto e inconteste de uma população equivalente a metade da que havia em São Paulo. Se fosse oficial, Canudos seria a segunda maior cidade do estado da Bahia.

A República ignorava a imensidão sem fim do interior, onde as secas cíclicas despejavam regiões inteiras na miséria. O Beato colheu os frutos do desespero, única coisa pródiga na região. Antônio Conselheiro prometia o paraíso, e Canudos continuaria crescendo, mesmo com a mortandade provocada pela epidemia de varíola, pela diarreia e pelas condições extremas: o fluxo de migrantes para o Arraial somente foi interrompido quando se intensificaram os combates da última expedição militar.

A reação militar foi atiçada simultaneamente pela escassez de mão de obra semiescrava que abandonava as fazendas em direção a Canudos, a impotência do governo local e as primeiras derrotas diante dos jagunços. O Beato maldizia a República e aguardava o santo rei que surgiria do mar para redenção dos povos.

A inovação dessa guerra foi o massacre de civis sistematicamente abatidos pelos mais modernos aparatos que a tecnologia militar podia dispor. Nesse aspecto, Canudos prenunciou o século XX e suas matanças remotas. O silêncio institucional imposto sobre a guerra deixou lacunas intransponíveis, pois o exército, a todos que pôde, degolou; a tudo que fora construído, incendiou; até que, na década de 1960, inundou a história material sob as águas. Poucos sobreviventes restaram para dar seu testemunho oral. Nada deixaram escrito, e esses poucos que foram encontrados, há décadas estão mortos.

Seguindo Antônio Conselheiro, o beato andarilho que pregava no sertão, entre 20 e 30 mil pessoas foram se estabelecer sob suas regras na esperança de uma vida melhor e na fé da redenção final. Poucos escaparam. O comando militar ordenava o extermínio dos prisioneiros.

Não é sem significado que o uso do termo "favela" como o conhecemos hoje tenha surgido em Canudos. E cujos primeiros habitantes não foram os sertanejos, e sim soldados do exército e seus agregados, sem ocupação após a guerra.

Será útil discorrer sobre alguns termos utilizados no livro:

Favela: nome de planta encontrada na região do conflito. Era conhecido como Morro da Favela o local onde a quarta expedição militar acantonou e a partir de onde bombardearam o Arraial de Canudos durante meses. O nome tornou-se célebre como um dos símbolos da cidade do Rio de Janeiro, designando as moradias das populações miseráveis que ocuparam os morros. Seus primeiros habitantes foram soldados oriundos do conflito, que, abandonados pelo poder público e sem receber a prometida pensão de guerra, construíram barracos nos moldes daqueles que foram erguidos pelos moradores de Canudos. Tinham ido dar cabo daqueles a quem as condições de existência no Brasil acabaram por igualar.

Jagunço: denominação popularizada na ocasião do conflito, muito abrangente, que inclui vaqueiros, camponeses e bandoleiros, característicos do sertão brasileiro. Como dizia Câmara Cascudo, muito bem observado por um dos maiores especialistas do conflito, o professor José Calasans em *No tempo de Antônio Conselheiro*, durante o conflito atribui-se ao termo "jagunço" o sentido adicional de *valente, destemido e fanático*. Eram assim chamados aqueles que combatiam, ou, ainda, qualquer um que habitasse Canudos, incluindo as crianças, as jaguncinhas.

João Abade: um dos principais líderes de Canudos, era natural da Bahia. Contava com a confiança de Antônio Conselheiro e foi nomeado chefe da *Guarda Católica*. Seu nome tornou-se lendário, um dos alvos mais cobiçados pelo exército. No Arraial era chamado pelos jagunços de "Chefe do Povo". Morreu atingido por um estilhaço, na etapa final da guerra.

Quarto fogo: Antônio Conselheiro denominava por *fogos* as expedições militares contra si e seu povo. Os três primeiros confrontos foram vencidos pelos jagunços com larga vantagem. *Quarto fogo* foi a derradeira expedição que o governo promoveu, sob forte propaganda e comoção popular, prometendo pôr fim ao enclave que havia se formado no sertão do país. Alegava que o inimigo possuía motivações políticas e seria organizado e municiado por nações estrangeiras. Foi uma das maiores mobilizações militares do Brasil.

32: Canhão *Withworth*, conhecido como *Matadeira*. Peça de artilharia moderna que apresentou mau funcionamento durante a guerra, por razões que nunca foram esclarecidas. O canhão foi transportado pelos desertos do sertão, constituindo enorme desafio logístico.

Talvez tenha sido o primeiro registro moderno de utilização de uma peça de destruição em massa contra civis.

As condições de vida do soldado, a desorganização logística e a cultura de classes que permeava o país e, afinal, também o próprio exército, proporcionaram cenas como as de que foi testemunha o estudante Alvim Martins Horcades (formou-se em medicina em 1903). Engajado no serviço de saúde, corajosamente denunciou a prática das degolas e deixou-nos um retrato contundente das condições vividas pelos militares nessa guerra:

> *"... vimos aquelles que vestiam honradamente a sua farda, nús, cobertos de feridas nas estradas do territorio nacional a mendigarem quase de joelhos um pouquinho de alimento, fosse qual fosse, para saciar a fome!!...*
>
> *officiaes cobertos de andrajos, mortos à fome, corpo aberto em chagas...*
>
> *vimos soldados com as faces alquebradas pelas vicissitudes da sorte e pela crueldade de quem os governava, implorando, supplicando uma migalha!*
>
> *um soldado em completo estado de miséria, todo ferido, tendo apenas sobre o corpo pequenos trapos que indicavam ter sido em outra éra uma calça vermelha... tinha os dentes cerrados, olhos semi-abertos, a mão esquerda sobre o peito e a direita um pouco alevantada e estendida, como se estivesse a pedir ao bondoso viandante para deitar-lhe um punhado de terra, afim de evitar a profanação e acobertar o seu corpo das miserias da humanidade!"*
>
> (*Descrição de uma viagem a Canudos, 1899*).

Dessa forma, se o sentimento de decepção refletia os primeiros contatos com o Arraial, a imersão no horror provocava estarrecimento ou indiferença; jamais normalidade.

A descrição do jovem Horcades revelava outro aspecto da luta também omitido pelo exército e pelo governo, a respeito das condições de vida dos militares durante o conflito. Misturou-se o medonho ao alucinante nessa guerra fratricida, guerra de extermínio, onde a única semelhança, ou ponto de intersecção entre os lados resumia-se a essas condições extremas que igualaram soldados e jagunços em sina de miséria e sofrimento.

R. Colini, 2016 a 2017.

posfácio

Entre as chamas, sob a água, de R. Colini, é muito mais do que uma obra inspirada em *Os sertões*, de Euclides da Cunha. O romance, de extrema beleza e força poética, é um chamado ao leitor para que jamais se esqueça desse momento da história, particularmente do extermínio de tantos combatentes no sertão baiano, de 1896 a 1897. A guerra de Canudos, ao final do século XIX, já em período republicano, não é aqui somente revisitada, é devassada, interpretada e atualizada sob composição literária vigorosa.

Chico (que não se chama Chico) é protagonista e também narrador em primeira pessoa do conflito. Sem identidade clara e portador de uma grande franqueza — quase autoflagelo —, nos dará a privilegiada visão dos dois lados da guerra e do sofrimento de todos. Isso porque consegue, através de um expediente oportuno, instalar-se nos dois lados da batalha.

Jovem militar de academia e filho de pai prestigiado no Rio de Janeiro, foi convocado para as últimas expedições federais; no acampamento andava a esmo em meio aos demais soldados, em vésperas de batalha — "um vagabundo silencioso", como se denomina. Desse lugar de observação é que nos permite mergulhar no sofrimento, na fome e na indiferença de outros jovens diante do horror e do imponderável da vindoura luta contra os jagunços. Mergulhado em insólita condição, resta a este narrador registrar às escondidas o cotidiano numa ponta de lápis e em velhos pedaços de papel, que vai juntando como pode, sob risco de vida.

Em meio à batalha, quando soldado e jagunços quase não se diferenciavam (ver no posfácio do autor o depoimento de Alvim Martins Horcades), Chico despe o próprio uniforme e traveste-se de jagunço para evitar o destino dos soldados capturados. Incorporando uma nova identidade, registrará ainda às escondidas o mesmo miserável mundo que já conhecia, mudando apenas o lado.

Agora em andrajos, como narrador onisciente e onipresente registrará a dor, a fome e a morte — iguais, muito iguais, dos dois lados.

É como se Chico nos dissesse que não há mundo maniqueísta, que a guerra não teria apenas dois lados distintos, mas que, sendo tudo igual, só resta ver, dialeticamente, o que emerge profundamente desgraçado e grotesco.

O autor desenvolve essas reflexões em frases agudas, num ritmo quase ofegante, o que torna o texto muito belo. A dissolução da vida e da dignidade humana ao raiar do século XX é jogada no rosto do leitor em cenas escatológicas (ferimentos, diarreias, cheiros repugnantes, sangue da degola e churrascos humanos) que vêm na ponta de um pedaço de lápis.

O soldado narrador não sabe mais com clareza quem é o outro; passa a chamar de inimigo o exército do qual adveio; matará um soldado para lhe arrancar das mãos a arma que lhe servirá para matar outros na próxima batalha. Antes cadete, que saiu de casa aclamado pelo pai como "jovem Ulisses", passará a designar de inimigo simplesmente o grupo onde não estará. Ao final pensará em fazer o caminho inverso: "Puxar um dos soldados para o buraco, tomar seu uniforme e sair da guerra pelo lado avesso do reverso em que vim parar". (p. 152)

A riqueza desta obra vem da força narrativa em primeira pessoa, para mostrar — do coletivo para o indivíduo — o desamparo de todos os jovens, militares ou jagunços, todos negligenciados por seu país, há pouco monarquista, ora republicano.

"Nesse silêncio, percebo uma tensão que faz a terra tremer, mais do que os canhões. Talvez só eu a sinta, porque conheço o outro lado e sei da fúria que desabalará dos soldados famintos que aguentam e, mais que tudo, só pensam em matar e voltar para casa." (p. 143)

Antes da quarta e última batalha, premonizada por Antônio Conselheiro e tão aprimorada pelas forças federais, Chico atinge certa humanização casando-se com Auxiliadora, uma das muitas mulheres do Arraial, na qual identifica uma figura que lhe aparecia em sonhos. A narrativa desse enlace ganha grande força lírica:

"O buraco no teto revelava o céu, e não fosse onde estávamos, não fossem os ratos no chão e a fome, a sede e a mortandade, seria bela a cena das estrelas, cuja luz era ofuscada pelos morcegos que passavam rapidamente, sob o som aveludado de suas asas, que lembravam folhas secas." (p. 130)

Será pela esposa, e talvez sobre um futuro para o qual não terá ingresso, que lhe conta toda a verdade, nome e origem, o que o faz, diante de nós, recuperar de certa maneira a identidade diluída pela guerra.

"Finalmente eu a entendo [...]. Ela com sua fé, que ignoro, e eu, com a minha, o desejo exaurido das coisas grandes da civilização. Ambos, na verdade, desaparecendo na indiferença dos confrontos que extinguem as vidas sem conclusão alguma." (p. 133)

Que bom que não se perderam esses papéis após a derrota final, que, na história oficial, dizimou os dois lados da guerra. O que o narrador viu é o que nem nós nem Euclides vimos por não termos conseguido a onipresença de um lado e de outro de Canudos. Na intimidade diária dos homens e mulheres que compartilharam a guerra e o desespero; nas vestes dos miseráveis que vinham de todo o Brasil por devoção ao santo; no desejo de notoriedade e carreira com que jovens militares vinham para ajudar a República está registrada a falência de todo um país.

Não sabemos neste romance se Chico sobrevive, não sabemos se um futuro lhe seria concedido, mas, depois do último fogo, sobram ao leitor o travo na língua e o impedimento de escolher um dos lados. Cabe a um terceiro, o governo, toda a culpa. O que cresce, neste admirável romance, é nossa autopiedade. Também somos Canudos, pairando entre o fogo e as águas que a afundaram.

Márcia Lígia Guidin
Ph.D, editora, ensaísta e crítica literária e titular da
Cadeira 6 da Academia Paulista de Educação.

Esta obra foi composta em Sabon LT Pro 11,5 pt e impressa em
papel Chambril Avena 80 g/m² pela gráfica Paym.